Suhrkamp BasisBiographie 49 Heinrich von Kleist

Leben Werk Wirkung

Wilhelm Amann, geboren 1957 in Mülheim an der Ruhr, war unter anderem wissenschaftlicher Mitarbeiter bei der Brandenburger Kleist-Ausgabe in Berlin und Heidelberg. Seit 2007 ist er wissenschaftlicher Angestellter am Fachbereich Germanistik der Université du Luxembourg.

Heinrich von Kleist

Suhrkamp BasisBiographie
von Wilhelm Amann

Suhrkamp BasisBiographie 49 Erste Auflage 2011 Originalausgabe

Druck: Kösel, Krugzell · Printed in Germany
Umschlag: Hermann Michels und Regina Göllner
ISBN 978-3-518-18249-9
Die Schreibweise entspricht den Regeln der neuen Rechtschreibung, Zitate wurden in ihrer ursprünglichen Schreibweise belassen.

1 2 3 4 5 6 – 16 15 14 13 12 11

Inhalt

Wirkung

Anhang

Sturz in die Moderne

Bis in die Gegenwart hat sich ein heimlicher Bildungskanon der deutschen Literatur erhalten, dem zufolge Goethe und Schiller die ersten Plätze gebühren – mit gehörigem Abstand folgt Kleist. Die Rangordnung spiegelt die Bedeutung der Weimarer Klassik als Repräsentationsmodell der deutschen Kulturnation wider. Sie weist aber auch auf den eigentümlichen Stellenwert ihres Antipoden hin, von dessen Leben und Werk eine Faszination ausging, der man sich offenbar nicht zu entziehen vermochte. Goethe selbst zeigte sich ratlos gegenüber der »Verwirrung des Gefühls« in Kleists Texten. Er sah in ihnen jedoch auch »ein bedeutendes, aber unerfreuliches Meteor eines neuen Literatur-Himmels« (LS, Nr. 182a). Erst später wuchs das Verständnis dafür, dass in den befremdlichen Abweichungen des schmalen Werkes über die kraftmeierische Infragestellung literarischer Konventionen hinaus auch eine epochale Wende ihren Ausdruck gefunden hatte.

Das »Dilettantenporträt«

Es sind die mit der Französischen Revolution heraufziehenden neuen Zeit- und Geschichtserfahrungen der Moderne, der Bruch mit der überkommenen Ordnung der Lebenswelt, der Verlust an Vorbildhaftigkeit des Vergangenen, aber auch der Zweifel am göttlichen Heilsplan, die Kleists Schreiben bestimmten. Ohne dass ihm ein besonderer Begriff der Moderne zur Verfügung gestanden hätte, sezierte er mit literarischen Mitteln die Auswirkungen einer um 1800 erreichten kulturellen Schwellensituation. Sein Werk verweigert sich jeglicher tröstenden Kompensation, wie sie die Weimaraner durch ein Humanitätsideal und teilweise die Romantiker durch eine mythische Verklärung des Vergangenen betrieben haben. Gerade an den Widersprüchen und Vieldeutigkeiten seiner Texte werden die Risse im Verhältnis zwischen Subjekt und sozialer Ordnung nachvollziehbar. Bei Kleist finden sich diese Erfahrungen in einprägsamen Leitmetaphoriken zusammengefasst, die, wie das berühmte Beispiel des Würzburger Torbogens, häufig durch zufällige Beobachtungen gewonnen werden: »Warum, dachte ich, sinkt wohl das Gewölbe nicht ein, da es doch keine Stütze hat? Es steht, antwortete ich, weil alle Steine auf einmal einstürzen wollen –« (DKV IV, S. 159).

Kleists Modernitätspotential ist in den Variationen einer Identitätskrise greifbar, die Leben und Werk zu einer paradoxen Einheit zusammenzwängt. Fast scheint es so, als hätte er bereits zu Lebzeiten den nach seinem aufsehenerregenden Freitod im Alter von 34 Jahren wuchernden Legenden um seine Person selbst den Boden bereitet. Die relativ dürftige Überlieferung von direkten Lebenszeugnissen resultiert u. a. aus diesem dramatischen Lebensende und erschwert die übliche Gegenüberstellung von biographischen Fakten und literarischen Fiktionen. Hinzu kommt, dass Kleist in seinen Briefen mit dem aufklärerischen Verständigungsideal der Aufrichtigkeit bricht und stattdessen auf subtile Strategien der Verstellung setzt. Mutmaßungen über eine pathogene Persönlichkeit, wie sie am Ende des 19. Jahrhunderts gang und gäbe waren, sind indes wenig hilfreich. Die Selbstinszenierungen verweisen vielmehr auf einen Drang, sich selbst zum Zentrum der eigenen Lebensplanung machen zu wollen, was in seiner nächsten Umgebung noch mit Misstrauen registriert wurde. Anders als Goethe, der Persönlichkeitsbildung, Autorschaft, sozialen Aufstieg sowie Existenzsicherung vorbildlich zu kombinieren verstand, brachten Kleist seine Selbstverwirklichungspläne zusehends in eine Außenseiterposition. Er stammte aus einer traditionsbewussten Adelsfamilie in Preußen, qua Herkunft war ihm die Offizierslaufbahn vorgezeichnet.

Das persönliche Scheitern einer ganzen Reihe privater und beruflicher Ambitionen und der Zerfall des maroden preußischen Staatsgefüges im Zeitalter Napoleons verdichteten sich für Kleist zu Imaginationen eines »Umsturzes aller Verhältnisse«, wie es in der Erzählung *Das Erdbeben in Chili* heißt. In einer nicht viel länger als zehn Jahre anhaltenden Phase intensiver literarischer Produktivität hat Kleist mit der Hinfälligkeit geläufiger Ordnungsvorstellungen experimentiert. Er hat sie im wörtlichen Sinne zur Sprache gebracht und in immer neuen Spielformen auf die Begrenztheit sprachlicher Kommunikation sowie auf die tiefe Kluft zwischen den Wörtern und dem Gemeinten aufmerksam gemacht. Seiner Zeit weit voraus war Kleist auch darin, dass er in Dramen wie *Penthesilea*, aber eben nicht nur dort, offen die kulturell festgelegte Ordnung der Geschlechter in Zweifel gezogen hat. Und schließlich hat Kleist vor allem in seinen Erzählungen durch die Darstellung sinnloser Gewalt und exzessiver Grausamkeiten die Konsequenzen einer aus den Fugen geratenen Welt zu verdeutlichen versucht. Dabei hat er den Bruch mit den ästhetischen Präferenzen seiner gebildeten Zeitgenossen billigend in Kauf genommen.

Mit seiner radikalen Vorstellung von Literatur und Leben markiert Kleist den Anbruch einer Moderne, die erst hundert Jahre später ihrer selbst gewahr wird. Der Visionär dieses modernen Zeitalters heißt Franz Kafka. Er hat seine tiefe Bewunderung für Kleist einmal darin zum Ausdruck gebracht, dass er ihn seinen »eigentlichen Blutsverwandten« genannt hat (NR, Nr. 420b).

Leben

Kindheit und Jugend in Preußen (1777-1799)

Adel verpflichtet

Der Name von Kleist bürgt seit dem 17. Jahrhundert für eine stramme preußische Gesinnung. Pflichterfüllung, Loyalität gegenüber den Herrschern des Landes und die militärische Karriere waren für die männlichen Angehörigen des weitverzweigten Familienverbandes eine Selbstverständlichkeit.

Familiärer Hintergrund

Das alte pommersche Adelsgeschlecht gehörte mit einer Vielzahl von Offizieren und einer Reihe von Generälen zu den Stützen der preußischen Armee. Sie waren dabei, als Preußen unter Friedrich II. in den Kreis der europäischen Großmächte aufstieg, und noch 1806, im Jahr der Niederlage gegen Napoleon und des Zusammenbruchs des gesamten Staatsgefüges unter Friedrich Wilhelm III., dienten annähernd 50 Offiziere dieses Namens in der Armee. Einer von ihnen, der Feldmarschall Friedrich Heinrich Ferdinand Emil von Kleist, besiegte 1813 die französischen Truppen nahe dem böhmischen Nollendorf und sorgte nach den aufsehenerregenden Eskapaden seines entfernten jüngeren Cousins Heinrich dafür, dass der militärische Ruf der Familie zumindest im 19. Jahrhundert gewahrt blieb.

Stammwappen der Familie Kleist

Für die von Kleist war der in Preußen konsequent praktizierte Grundsatz vom Offiziersdienst als Privileg des Adels eine Verpflichtung. Dennoch gab es Versuche, das steife Bild der Familie im Lichte der bürgerlichen Kultur etwas milder erscheinen zu lassen. Da ist zum einen der 1797 verstorbene Franz Alexander von Kleist, der, heute völlig vergessen, seinerzeit als vielversprechendes Talent galt. Er hatte sich aus Militär- und Staatsdienst zurückgezogen und neben Lyrik auch Ratgeberliteratur wie *Das Glück der Ehe* (1796) verfasst.

Dichtende Vorfahren

Vor ihm hatte Ewald Christian von Kleist den Familiennamen in der literarischen Öffentlichkeit bekannt gemacht. Er suchte in der ersten Hälfte des 18. Jahrhunderts notgedrungen noch den Kompromiss zwischen Offizierslaufbahn und dichterischen Ambitionen. Mit seinen Natur- und Heldengedichten, die selbst Schiller der Kritik für würdig befand, schlug er eine Brücke von der kalkulierten Lehr- zur empfindsamen Erlebnisdichtung. Ewald von Kleists Nachruhm gründet aber wesentlich in einem anderen Umstand. Sein Freund Lessing hatte ihm mit dem Major Tellheim, der Hauptfigur in der *Minna von Barnhelm* (1767), ein literarisches Denkmal gesetzt. Lessing stand dabei noch unter dem Eindruck des im Nachhinein häufig zur Einheit von Leben und Poesie verklärten Todes des »Sängers« Ewald von Kleist im Jahre 1759. In einer der Schlachten des Siebenjährigen Krieges bei Kunersdorf war er schwer verwundet worden und Tage später einen »bestialischen Heldentod« (Bisky 2007, S. 131) gestorben.

Auch Heinrich von Kleists Vater, Joachim Friedrich von Kleist, war an der Kunersdorfer Schlacht gegen die russisch-österreichische Allianz beteiligt. Er zählte zu den unauffälligen Vertretern seiner Sippe, sein Lebensweg entsprach einer typischen Militärkarriere in Preußen. Er hatte sich zunächst an der Universität seiner Heimatstadt Frankfurt an der Oder eingeschrieben, um sich für eine höhere Staatsstelle zu qualifizieren, da die Ausübung eines bürgerlichen Gewerbes dem Adel generell verschlossen blieb. Schließlich trat er aber in die Armee ein, weil er nach dem Tod seines Vaters als Zweitgeborener ohne ausreichendes Erbe geblieben war. Verhältnismäßig spät erlangte er den glanzlosen Posten eines Kompaniechefs in Frankfurt an der Oder, der ihm ein materielles Auskommen und die Gründung einer Familie erlaubte.

Joachim Friedrich von Kleist (1728-1788), Heinrichs Vater

Joachim Friedrich von Kleist war zweimal verheiratet. Schon die äußeren Daten gewähren einen Einblick in die Bedingungen des privaten Lebens der Zeit. Knapp 40-jährig heiratete er 1769 die aus begütertem Hause stammende 15-jährige Caroline Louise von Wulffen. Sie gebar ihm zwei Töchter, Wilhelmine (geb. 1772) und Ulrike (geb. 1774), bei deren Geburt sie im Alter von neunzehn Jahren verstarb. Kein Jahr später heiratete Joachim Friedrich von Kleist die 28-jährige Juliane Ulrike von Pannwitz. Durch die Geburt von Friederike (geb. 1775), Auguste (geb. 1776), Heinrich (geb. 1777), Leopold (geb. 1780) und Juliane (geb. 1784) vergrößerte sich die Familie innerhalb von neun Jahren um sieben Kinder.

Kindheit

Bernd Heinrich Wilhelm von Kleist wurde am 10. Oktober (nach Angaben des Kirchenregisters am 18. Oktober) 1777 in der Garnisons- und Universitätsstadt Frankfurt an der Oder geboren. Das ansehnliche Elternhaus stand mitten in der Stadt, gleich gegenüber der Marienkirche.

Kleists Elternhaus wurde im Zweiten Weltkrieg zerstört. Fotografie um 1890

Über Kleists Kindheit ist so gut wie nichts bekannt. Dass sie im bürgerlichen Sinne behütet verlief, kann bezweifelt werden. Die Beanspruchung der Mutter innerhalb der vielköpfigen Familie, die Position und der familiäre Hintergrund des bei Kleists Geburt fast 50-jährigen Vaters sprechen eher für eine Erziehung der »strengen Dressur« (Staengle 2007, S. 11). Seinem Stand gemäß wurde Kleist zunächst zu Hause unterrichtet. Zu seinem Lehrer Christian Ernst Martini entwickelte er offenbar ein besonderes Vertrauensverhältnis, an ihn wandte er sich noch 1799 in einem langen Brief, um seine erste große Lebensentscheidung zu rechtfertigen.

Anfang 1788 gaben ihn die Eltern nach Berlin in die Obhut des hugenottischen Predigers und Lehrers Samuel Heinrich Catel. Zusammen mit zwei Vettern sollte bei Catel mit einem ersten, üblicherweise an der französischen Kultur orientierten Bildungsschliff begonnen werden. Der erste Berliner Aufenthalt endete dann aber abrupt mit dem Tod des Vaters im Juni 1788, der die Familie in erhebliche Existenznöte stürzte. Eine Bitte um Unterstützung wurde Kleists Mutter von Friedrich Wilhelm II, seit 1786 König in Preußen, mit der Begründung verwehrt, dass »die zu Pensionen bestimmten Fonds erschöpft sind« (LS, Nr. 8).

Anders als sein Vorgänger, der asketische Friedrich II., war der neue König in seiner relativ kurzen Regentschaft bis 1797 einem opulenten Lebensstil sowie obskuren Lehren zu sehr zugetan, als dass er sich für Staatsfinanzen oder die Fürsorgepflicht gegenüber seinen Offizieren interessiert hätte.

Als Soldat im Dienst der preußischen Armee

Über das Leben des Heranwachsenden in den vier Jahren nach dem Tod des Vaters ist kaum etwas bekannt. Sehr wahrscheinlich erhielt er in der Heimatstadt wieder bei dem Hauslehrer Martini Unterricht. 1789 machte Kleists Mutter den König ein zweites Mal auf ihre Lage aufmerksam und bat unter Hinweis auf die noch zu versorgenden anderen Kinder zunächst vergeblich um die Aufnahme ihres ältesten Sohnes in die Militärakademie. Im Juni 1792 trat Heinrich von Kleist dann aber doch in die familiären Fußstapfen. Er wurde als Offiziersanwärter, als Gefreiter-Korporal, in das berühmte Infanterieregiment Nr. 15, Garde, in Potsdam aufgenommen. Dabei handelte es sich um eine Eliteeinheit mit ca. 1500 Mann, die als Leibregiment in einem besonderen Treueverhältnis zum König stand, dem die Offiziere auch persönlich bekannt waren.

Kleist wird Soldat

Kleist kam in unruhigen Zeiten zur preußischen Armee. Seit April 1792 befand sich das revolutionäre Frankreich mit Preußen und Österreich formell im Kriegszustand. Die in die Koalition gezwungenen früheren Gegner setzten gerade eine gewaltige Kriegsmaschinerie in Gang, in der Hoffnung, den scheinbar labilen Staat im Westen und den von ihm ausgehenden Geist des Umsturzes zurückdrängen zu können.

Beim Abzug seines Regiments aus Potsdam war Kleist nicht anwesend, denn er befand sich auf Heimaturlaub in Frankfurt an der Oder, wo am 3. Februar 1793 seine Mutter gestorben war. Schon kurz nach ihrer Beerdigung musste er der Truppe nachreisen. Die Schwester der Mutter, die kinderlose Auguste Helene von Massow, übernahm die Haushaltsführung und hielt für die zurückgebliebenen sechs Geschwister aus der ersten und zweiten Ehe von Kleists Vater den Familienrahmen aufrecht.

An sie ist der erste Brief Kleists gerichtet, eine »Erzählungs-Suade« über eine Frühlingsfahrt in den Krieg, hinter der Anpassungsbereitschaft wie Unsicherheit, Entschlossenheit und Heimweh erkennbar bleiben. Der Tante gegenüber gedenkt der Fünfzehnjährige noch der »verlorne[n] zärtliche[n] Mutter« (DKV IV, S. 15), weitere Äußerungen Kleists über sie und über den Vater sind nicht überliefert.

Im Krieg gegen Frankreich

Kleists Militärzeit währte von Juni 1792 bis April 1799. Sie ist außer mit dem Brief an die Tante nur durch zwei weitere Briefe dokumentiert. In einem erwähnt er die bevorstehende Belagerung der von Revolutionstruppen besetzten Stadt Mainz im Frühjahr und Sommer 1793; eine Aktion, die auch durch Aufzeichnungen Goethes ins kulturhistorische Gedächtnis eingegangen ist. Goethe, der von Herzog Carl August aus Weimar nach Mainz gerufen worden war, verfolgte das Geschehen hinter der Front. Der um fast 30 Jahre jüngere Rekrut Kleist machte seine Erfahrungen aus anderer Perspektive. Zuvor hatte er sich noch draufgängerisch, ganz im Sinne der Parolen gegeben: »Die Franzosen, oder vielmehr das Räubergesindel wird jezt aller wärts geklopft.« (DKV IV, S. 15)

»Wie aber der Mensch überhaupt ist, besonders aber im Kriege, daß er sich das Unvermeidliche gefallen läßt, und die Intervalle zwischen Gefahr, Noth und Verdruß mit Vergnügen und Lustbarkeit auszufüllen sucht: so ging es auch hier: die Hautboisten von Thadden spielten Ça ira und den Marseiller Marsch, wobei eine Flasche Champagner nach der andern geleert wurde. Abend 8 Uhr kanonirte man stark von den Batterien des rechten Flügels.« (Goethe 1822 rückblickend über die *Belagerung von Mainz*; in: Goethe 1994, S. 575)

Der Militärgeschichtsschreibung zufolge war Kleists Infanterieregiment während des Feldzugs an nicht weniger als 14 Kampfhandlungen beteiligt (vgl. Bisky 2007, S. 26). Wenn Kleist später auf seine Soldatenjahre zu sprechen kam, so beschwor er Landschaftsbilder von Rhein und Main und berichtete über prägende Lektüreerlebnisse wie Wielands *Sympathien*. Über die Gräuel des Krieges fällt kein Wort. Aus der Zeit hat sich immerhin ein erster lyrischer Versuch erhalten, der den Titel *Der höhere Frieden* (DKV III, S. 401) trägt. Das Bild des Verse schmiedenden jungen Offiziers im Feld belegt den wachsenden inneren Widerstand gegen die ihm aufgezwungene Existenzform.

Knapp zwei Jahre später sind die markigen Töne des Rekruten dann gänzlich verschwunden: »Gebe der Himmel nur Frieden, um die Zeit, die wir hier so unmoralisch tödten, mit menschenfreundlicheren Thaten bezahlen zu können!« (DKV IV, S. 18) Ausnahmsweise stimmte das Stoßgebet mit der Staatenpolitik überein. Am 5. April 1795 schloss Preußen mit Frankreich den separaten »Baseler Frieden«. Zumindest nach innen verschaffte sich das Land damit eine zehnjährige Periode der Entspannung, von der die kulturellen Zentren in Weimar, Jena und Berlin erheblich profitieren sollten. Im Juni 1795 kehrte der mittlerweile zum Portepée-Fähnrich avancierte Kleist mit seinem Regiment nach Potsdam zurück.

Garnisonsleben in Potsdam

> »Die größten Wunder militairischer Disciplin, die der Gegenstand des Erstaunens aller Kenner waren, wurden der Gegenstand meiner herzlichsten Verachtung; die Offiziere hielt ich für so viele Exerciermeister, die Soldaten für so viele Sclaven, und wenn das ganze Regiment seine Künste machte, schien es mir als ein lebendiges Monument der Tyrannei.« (Kleist an Christian Ernst Martini, 18. März 1799; DKV IV, S. 27)

In der Residenz- und Kasernenstadt hatte er reichlich Gelegenheit, die Lage zu überdenken. Die üblichen Methoden zur Aufrechterhaltung des militärischen Uhrwerks in Friedenszeiten, monotone Dienste, Manöver und andere Rituale des Drills, wirkten dabei wohl eher abstoßend.

Anfang 1797 wurde Kleist als Seconde-Lieutenant in den Offiziersstand erhoben. Die damit verbundenen Freiräume und Möglichkeiten des gesellschaftlichen Verkehrs in Potsdam waren eine willkommene Abwechslung. Überhaupt gab es nach der Krönung Friedrich Wilhelms III. im November dieses Jahres Anzeichen eines atmosphärischen Wandels in Preußen. Zusammen mit seiner Frau Luise setzte der neue König eher bürgerliche Akzente. Von seinen Offizieren erwartete er nicht geistlosen Gehorsam, sondern eigene Bildungsanstrengungen und stellte dafür Lehrpersonal zur Verfügung.

Kleist hat diese Chance begierig ergriffen und bekannte später, in den letzten Jahren seiner Armeezeit »mehr Student als Soldat gewesen« zu sein (DKV IV, S. 28). Unter Anleitung des Potsdamer Konrektors Johann Heinrich Bauer beschäftigte er sich mit Philosophie und Mathematik, aber auch mit klassischen Sprachen sowie der deutschen Grammatik.

Jahre verloren – Freunde gewonnen

Den intellektuellen Anstrengungen hat sich Kleist nicht im reinen Selbststudium unterzogen. Für seine weitere Lebensgeschichte spielen die in dieser Zeit geschlossenen Freundschaften mit einer Reihe ebenso bildungsbeflissener Regimentskameraden eine wichtige Rolle. Neben der Restfamilie in Frankfurt an der Oder bürgte später gerade dieser Freundeskreis für eine gewisse soziale Stabilität in Kleists wechselvollen Lebensverhältnissen.

Da ist zunächst der um fünf Jahre ältere Hartmann von Schlotheim, dem Kleist nach einem Selbstmordversuch im Jahr 1805 beistand. Umgekehrt hielt Schlotheim die Verbindung zu Kleist während dessen französischer Kriegsgefangenschaft 1807 aufrecht und unterstützte ihn wiederholt in Geldangelegenheiten.

August Rühle von Lilienstern

August Rühle von Lilienstern, drei Jahre jünger als Kleist, machte in der Armee Karriere bis hin zum Generalinspekteur des Militärerziehungs- und Militärbildungswesens in Preußen in den 1840er Jahren. Seit 1806 betätigte Rühle sich erfolgreich als Militärschriftsteller. Er half Kleist 1807/08, in Dresden Fuß zu fassen, und wirkte als Finanzier seines ersten Zeitschriftenprojekts, des *Phöbus*, mit.

Ernst von Pfuel

Als engsten Freund Kleists kann man den um zwei Jahre jüngeren Ernst von Pfuel bezeichnen. Pfuel war ein vehementer Kritiker der erstarrten militärischen Ordnung im Land und schlug dennoch ebenso wie Rühle die militärische Laufbahn ein. Er stieg auf bis zum General und war im Revolutionsjahr 1848 kurzzeitig sogar preußischer Ministerpräsident.

Den Berichten über die Potsdamer Zeit zufolge sind Kleist, Schlotheim, Rühle und ein weiterer Regimentskamerad, Carl von Gleißenberg, durch eine ungewöhnliche musikalische Tour dem Kasernenhof und der Studierstube entronnen. Sie hatten sich im Sommer 1797 durch öffentliche Auftritte als Bläserquartett eine Reise in den Harz finanziert. Dank dem Unterricht bei dem seinerzeit berühmten Klarinettisten Joseph Beer soll Kleist ein hervorragender Klarinettenspieler gewesen sein – praktische Grundlage für das später im Werk aufblitzende musiktheoretische Interesse.

Die kleinen Fluchten änderten indes nichts an dem grundsätzlichen Dilemma. Die Bildungsoffensive des Königs trieb ungewollt den »eklatanten Widerspruch zwischen aufgeklärtem Denken und der dumpfen Brutalität des militärischen Alltagsgeschäfts« hervor (Staengle 2007, S. 20). Kleist zog daraus die Konsequenzen, bat um seine Entlassung und erhielt am 4. April 1799 seinen Abschied aus der preußischen Armee. Er verpflichtete sich, nicht in den Dienst einer anderen Armee zu treten. Mit der vagen Aussicht einer späteren Verwendung im Zivildienst wurde ihm die Erlaubnis zum Studium erteilt. Zurück in der Heimatstadt, beklagte er »sieben unwiederbringlich verlorne Jahre« (DKV IV, S. 39).

Abschied von der Armee

Ein Lebensplan (1799-1801)

Als Student in Frankfurt an der Oder

Studium generale in Frankfurt / Oder

Im Frühjahr 1799 mündete der erste Versuch einer intellektuellen Selbstverständigung zunächst im Entwurf eines reichlich calvinistisch angehauchten »Lebensplanes«. Der den militärischen Befehlen Entkommene stellte sich unter die »Herrschaft der Vernunft« (DKV IV, S. 41), die mit dem Studium an der Universität in Frankfurt an der Oder beginnen sollte.

> »Was der Reiseplan dem Reisenden ist, das ist der Lebensplan dem Menschen.« (Kleist an seine Schwester Ulrike von Kleist, Mai 1799; DKV IV, S. 40)

Vom Frühjahr 1799 an absolvierte Kleist in seiner Heimatstadt an der Alma Mater Viadrina ein kurzes, aber intensives Studium generale. Er besuchte Veranstaltungen in den Fächern Physik, Mathematik, Kulturgeschichte, Naturrecht und Latein. Den nachhaltigsten Eindruck hinterließen die Vorlesungen des Popularphilosophen Christian Ernst Wünsch. Sie kamen dem schon in der ersten Jugendschrift spürbaren Interesse Kleists an Phänomenen einer spekulativen Physik, der »merkwürdige[n] Übereinstimmung zwischen den Erscheinungen der physischen und moralischen Welt« (vgl. DKV III, S. 523, 537, 546), entgegen. Das undogmatische Wissenschaftsverständnis Wünschs schuf Grundlagen für Kleists spätere Beschäftigung mit der romantischen Naturphilosophie sowie einer Vielzahl von »Gedankenexperimenten« (Jürgen Daiber, KH, S. 267) in den späten Texten.

Der abrupte Abbruch des Studiums im Frühjahr 1800 hatte mehrere Gründe. Nach drei Semestern hätte Kleist sich für einen konkreten Beruf entscheiden müssen, aber selbst eine Gelehrtenexistenz, wie er sie an der Universität vor Augen hatte, passte nicht zu den eigenen hehren Bildungsvorstellungen. Vermutlich sah sich Kleist auch der verstärkten Kontrolle der Tante als Familienvorstand ausgesetzt. Zudem war im Verlauf des Studiums eine Frau in sein Leben getreten, die Generalstochter Wilhelmine von Zenge aus der unmittelbaren Nachbarschaft in Frankfurt an der Oder. Kleist hatte sie mit einem Heiratsantrag überrascht, und sein beharrliches Werben mündete in einer inoffiziellen Verlobung. Da die Eltern von Zenge ihre Einwilligung in die prinzipiell standesgemäße Verbindung von seiner beruflichen Zukunft abhängig gemacht hatten, hoffte Kleist auf anderem Wege rasch eine gemeinsame Existenz sichern zu können. Im Grunde aber war der Dreiundzwanzigjährige zu alt für das Studium und zu jung für eine Heirat.

Wilhelmine von Zenge

»[...] er war sehr melancholisch und finster, und sprach sehr wenig. Bald aber begleitete er uns auf allen Spaziergängen, kam mit seinen Schwestern auch zu uns, spielte und sang mit mir, und schien sich in unserer Gesellschaft zu gefallen.« (Kleists Verlobte Wilhelmine von Zenge an ihren späteren Ehemann Wilhelm Traugott Krug, 16. Juni 1803; Staengle 1993, S. 31 f.)

Drei Frauen

Dem Thema Kleist und die Frauen gebührt angesichts der auffälligen Diskrepanz von Weiblichkeitsbildern in den überlieferten biographischen Dokumenten einerseits und in Werken wie der *Marquise von O....* oder der *Penthesilea* andererseits besondere Aufmerksamkeit.

Gerade gegenüber der um drei Jahre jüngeren Wilhelmine von Zenge verfiel Kleist alsbald in das von der bürgerlichen Aufklärung vorgezeichnete Beziehungsmuster eines schulmeisterhaften Ehemannes, der seiner unbedarften Frau den ehelichen Pflichtenkatalog nahebringt. Aufschlussreich hierfür sind die den Briefen an die Braut beigefügten »Denkübungen für Wilhelmine von Zenge« (DKV IV, S. 57 ff.). Thomas Mann galten die Briefe an die Verlobte als die »seltsamsten Liebesbriefe der Welt«. Befremdlich erscheinen die mit einer Ausnahme nur von Kleists Seite erhaltenen Briefe vor allem durch die weitgehende Vermeidung jeglicher romantisch-intimen Verständigung. Gegenüber Wilhelmine erprobt Kleist die Rolle eines männlichen Ernährers, die ihm jedoch zusehends widerstrebt. Über zwei Jahre hinweg vertröstet er sie mit immer neuen Plänen und Gartenlaubenidyllen, benutzt sie aber auch als stellvertretende Adressatin seiner philosophischen Reflexionen. Im März 1801 schickt er ihr ein von dem Maler Peter Friedel angefertigtes Porträt in Miniaturformat – neben dem ›Dilettantenporträt‹ aus der französischen Kriegsgefangenschaft 1807 das einzige als authentisch geltende Bild Kleists. Aus der Ferne kündigt er im Mai 1802 im schroffen Ton die Verlobung auf.

Wilhelmine von Zenge (1780-1852)

»[...]; das Glück des Mannes hingegen ist der *einzige* Gegenstand der Frau; der Mann ist nicht mit allen seinen Kräften für seine Frau thätig, er gehört ihr nicht ganz, nicht ihr allein, denn auch die Welt macht Ansprüche auf ihn u seine Kräfte; die Frau hingegen ist mit ihrer ganzen Seele für ihren Mann thätig, sie gehört niemandem an, als ihrem Manne, u sie gehört ihm *ganz* an.« (Eine der Belehrungen Kleists für Wilhelmine von Zenge, Frankfurt / Oder, 30. Mai 1800; DKV IV, S. 60)

Die Halbschwester Ulrike

Noch problematischer gestaltete sich Kleists Verhältnis zu seiner Halbschwester Ulrike. Von allen Geschwistern hatte sie den engsten Kontakt zu ihrem Bruder aufgebaut: Wie er blieb sie zeit ihres Lebens unverheiratet. Über eine Seelenverwandtschaft lässt sich nur spekulieren, in Kleists Briefen sind sein Verfügungsanspruch und seine Erwartung an Ulrikes Opferbereitschaft jedenfalls unübersehbar. Zu den irritierendsten Äußerungen gehören diejenigen, in denen er ihr geradezu das Geschlecht abspricht. Unter anderem bezeichnete er sie als ein Wesen, »das weder Mann noch Weib ist, u gleichsam wie ein Amphibie zwischen zwei Gattungen schwankt« (DKV IV, S. 253). Kleist hat Ulrike auf ein asexuelles »Schwester-Sein« (Weigel 1985, S. 238) reduziert und sie auf diese Weise mit Erfolg von einer eigenen Lebensplanung abgehalten. Dahinter standen nicht zuletzt handfeste materielle Gründe. Die über drei Jahre ältere Ulrike konnte eher als Heinrich über das väterliche Erbe verfügen und hatte zudem von ihrer leiblichen Mutter geerbt. Kaum ein Brief Kleists, in dem es nicht direkt oder indirekt um Geldforderungen ging, denen Ulrike lange Zeit nachgab. Mehrmals schlug er ihr aber auch ein gemeinsames Zusammenleben vor.

Ulrike von Kleist (1774-1849)

»Wärst du ein Mann oder nicht meine Schwester, ich würde stolz sein, das Schicksal meines ganzen Lebens an das Deinige zu knüpfen.« (Kleist an Ulrike von Kleist, Frankfurt / Oder, Mai 1799; DKV IV, S. 37)

Ihre Investitionen in den häufig über seine Verhältnisse lebenden Bruder führten dazu, dass Kleist sie als Reisebegleiterin akzeptierte, so im Sommer 1801 nach Paris. Auf diesen Touren, aber auch bei der Bewältigung anderer verwickelter Lebenssituationen, hatte der zuweilen unbeholfene Kleist seiner tatkräftigen Schwester viel zu verdanken. Womöglich sind diese Züge in den entschlussfreudigen Frauenfiguren einiger Werke wiederzufinden, etwa in Käthchen oder in Natalie im *Prinzen von Homburg*.

Die Ratgeberin Marie von Kleist

In dem Maße, in dem die über die Exzentrik ihres Bruders enttäuschte und erschöpfte Ulrike sich aus der ihr zugemuteten Rolle etwas zurückzog, suchte Kleist die Nähe zu Marie von Kleist. Auf die Braut Wilhelmine und die sorgende Hausfrau Ulrike folgte eine Vertraute, die er nicht mehr in der gleichen Weise traktierte. Kleist war mit der 16 Jahre älteren Frau bereits seit der Potsdamer Militärzeit bekannt, der erste erhaltene Brief stammt aus dem Jahr 1805. Marie von Kleist – unglücklich mit einem aus der großen Familie von Kleist verheiratet und 1812 geschieden – war einflussreich, sie war Hofdame und Freundin der Königin Luise. Mehrmals hatte sie ihre Verbindungen spielen lassen, Kleist Kontakte zum Hof verschafft und Empfehlungen geschrieben. Ihr gegenüber äußerte sich Kleist über seine Dramenprojekte. Weil sie die *Penthesilea* verstand, erhob er sie zur »Seherin« seines Innersten. Marie von Kleist spielte gerne die Rolle eines »guten Engels« (Staengle 2007, S. 80). Jahrelang ließ sie Kleist in dem Glauben, dass die Königin ihm eine kleine Pension gewährt hätte. Im Zuge des Streits um die Fortführung der *Berliner Abendblätter* 1811 musste Kleist dann erfahren, dass die Unterstützung bis zum Tode der Königin 1810 heimlich von Marie von Kleist selbst gezahlt worden war.

Ein kleines Geheimnis und eine große Krise

Über seine genauen Pläne nach dem Studienabbruch hatte Kleist zunächst nichts offenbart. Im Sommer des neuen Jahrhunderts hielt er sich zu Gesprächen über eine mögliche Anstellung in der Wirtschaftsverwaltung Preußens in Berlin auf. Gemeinsam mit Ludwig von Brockes wollte er nach Wien weiterreisen. Brockes, ein Enkel des Dichters Barthold Hinrich Brockes, war Kleist von einer Reise nach Rügen bekannt. Mit ihm, dem zehn Jahre Älteren, verband ihn eine kurze, intensive Freundschaft, auch er hatte seinen Platz in der Gesellschaft noch nicht gefunden. In Leipzig immatrikulierten sich beide unter falschem Namen – Kleist als Klingstedt – an der Universität. Mit neuen Papieren fuhren sie nach Dresden, gaben aber dort plötzlich ihr ursprüngliches Reiseziel auf und reisten weiter nach Würzburg, wo sie den September und Oktober über blieben.

Das Rätsel der Würzburger Reise

In den Briefen an die Schwester und an die Braut erging sich

Kleist nur in Andeutungen über den Grund der Reise. Da wird vage ein »*sehr ernste[r]* Zweck« angeführt, der die »Mitwissenschaft eines Dritten« (DKV IV, S. 80) unmöglich mache. Kurz bevor Kleist in einem der Lehrbriefe an Wilhelmine erstmals auf das Lebensgleichnis des im Sturz verharrenden Torbogens zu sprechen kommt, ist kryptisch die Rede von »dem wichtigsten Tage meines Lebens in Würzburg« (DKV IV, S. 159).

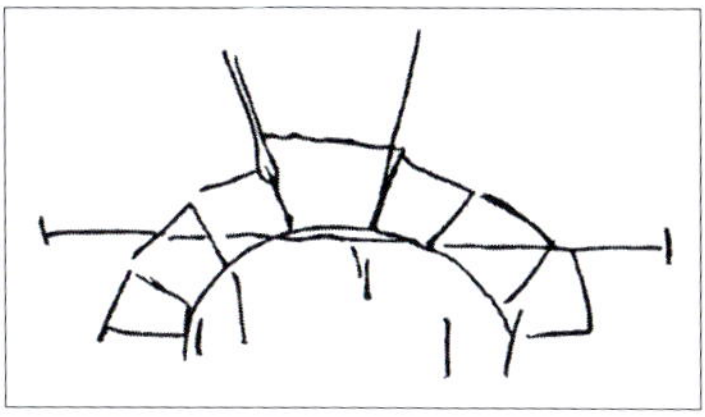

Kleists Skizze des Würzburger Torbogens

Das Rätsel um die sogenannte Würzburger Reise ist bis heute nicht gelöst (vgl. Bisky 2007, S. 81-86; Schulz 2007, S. 115-162; Staengle 2007, S. 39 ff.). Erörtert wurde etwa, ob Kleist im höheren Auftrag Industriespionage betrieben hat, ob er Kontakte zu Freimaurern suchte oder ob er gar ein selbst erfundenes Glücksspielsystem anwenden wollte. Seit Langem hält sich zudem das Gerücht, Kleist habe sich in Würzburg einer urologischen Behandlung zur Beseitigung einer Phimose unterzogen, um Wilhelmine auch in physischer Hinsicht als Mann gegenübertreten zu können.

Selbstbild als Schriftsteller

Wie dem auch sei – zurück in Berlin, wurde der vermeintliche oder tatsächliche Ertrag dieser Reise von den Ungewissheiten über die Berufswahl überdeckt. Von November 1800 bis zum April 1801 versuchte sich Kleist als Hospitant bei der Technischen Deputation in Berlin, schnell wurde ihm jedoch klar: »Ich will kein Amt nehmen. [...] Ich arbeite nur für meine Bildung gern.« Der wenig erfreuten Verlobten kündigte er an, sich »jetzt für das schriftstellerische Fach« bilden zu wollen (DKV IV, S. 150, 164). Hierfür hatte er sich nicht nur ein »Ideenmagazin« angelegt, auch die gerade in dieser Zeit ausführlichen Briefe waren als Materialsammlung vorgesehen. In ihnen vermischen sich Beobachtungen, Reflexionen, Lebensmaximen mit Lektüreerfahrungen. Bevorzugte Gewährsmänner und Vorbilder waren Rousseau, Lessing, Goethe und insbesondere Schiller, dessen gerade erschienenes Drama *Wallenstein* er, mit einer Widmung versehen, Wilhelmine geschenkt hatte.

Den Winter 1800/1801 über hielt sich Kleist in einem Schwebezustand. Pflichtbewusst besuchte er Sitzungen der Technischen Deputation, übte sich auf dem gesellschaftlichen Parkett, ließ sich bei Gelehrten einführen, ging ins Schauspielhaus und betrieb weiter seine philosophisch-literarischen Studien. Die Orientierungskrise kündigte sich dann aber im Auf und Ab zwischen hehren Vorsätzen (»Ich bin fest entschlossen, den ganzen Adel von mir abzuwerfen«; DKV IV, S. 155) und tiefen Selbstzweifeln an (»[...] ich passe nicht unter die Menschen [...]«; DKV IV, S. 198).

»Zuweilen bin ich bei Clausius, wo die Gäste meistens interessanter sind, als die Wirthe. Einmal habe ich getanzt u war vergnügt, weil ich zerstreut war. *Huth* ist hier u hat mich in die gelehrte Welt eingeführt, worin ich mich aber so wenig wohl befinde, als in der ungelehrten. Diese Menschen sitzen sämmtlich wie die Raupe auf einem Blatte, jeder glaubt seines sei das Beßte, und um den Baum bekümmern sie sich nicht.« (Kleist an Ulrike, Berlin, 5. Februar 1801; DKV IV, S. 198)

»Kant-Krise« Schließlich fand die trübe Lebensstimmung ein intellektuelles Ventil und kulminierte in der späterhin zum Schlagwort gewordenen Kant-Krise. In zwei Briefen an die Verlobte und die Schwester (22. und 23. März 1801; DKV IV, S. 205, 207) berichtete Kleist über die Erschütterung seines Weltbildes durch die Bekanntschaft mit der »Kantischen Philosophie«. Er illustrierte seine Erkenntniszweifel mit einem Gleichnis: »Wenn alle Menschen statt der Augen grüne Gläser hätten, so würden sie urtheilen müssen, die Gegenstände welch sie erblickten, *sind* grün [...]. Wir können nicht entscheiden, ob das, was wir Wahrheit nennen, wahrhaft Wahrheit ist, oder ob es uns nur so scheint.« (DKV IV, S. 205)
Wie detailliert Kleist sich mit Kant auseinandergesetzt hat, ist nicht bekannt. Strittig ist, ob die Kant-Krise eine programmatische Schwellenerfahrung für die Dichtungen war oder in einer kritischen Lebensphase brieflich inszeniert wurde, ob sie eher in einen werkästhetischen oder in einen biographischen Kontext zu rücken ist (Bernhard Greiner, KH, S. 206 ff; Schmidt 2003, S. 12-16). Die Einsicht, dass eine objektive, unumstößliche Wahrheit nicht möglich ist, hat im Grunde auf beide Bereiche Auswirkungen gehabt. Mit Kant legitimierte Kleist seine endgültige Abkehr von den Wissenschaften wie

vom »Lebensplan«. Zugleich hat er der von Kant beabsichtigten erkenntnistheoretischen Beschränkung der Vernunft intuitiv eine sprachkritische Wendung gegeben (vgl. Seeba, DKV I, S. 471; Heimböckel 2003, S. 67). Den Menschen fehlt, schreibt Kleist am 5. Februar 1801 in dem später so benannten »Sprachskepsisbrief« an Ulrike, das »Mittel zur Mittheilung. Selbst das Einzige, das wir besitzen, die Sprache taugt nicht dazu, sie kann die Seele nicht mahlen u was sie uns giebt, sind nur zerrissene Bruchstücke« (DKV IV, S. 196).

»In diesem Brieffe sagte er mir daß er jetzt die Kantsche Philosophie studiere, welche ihn so unglücklich gemacht habe, daß er es in Berlin in seinen engen vier Wänden nicht aushalten könne, er würde eine Reise machen um sich zu zerstreuen.« (Wilhelmine von Zenge an ihren späteren Ehemann Wilhelm Traugott Krug, 16. Juni 1803; Staengle 1993, S. 31 f.)

Ähnliche Formulierungen finden sich zu der Zeit auch bei Schiller, aber Kleist hat das von der Bewusstseinsphilosophie Kants weitgehend übergangene Problem der Unzulänglichkeit der Sprache als Instrument der Erkenntnis erstmals zum dichterischen Axiom erhoben. Modern ist Kleists Werk, weil es kein unbeschwertes oder – in seiner Diktion – unschuldiges Verhältnis zur Sprache mehr besitzt. Wo die Sprachnot übermächtig erscheint, wird Sprache selbst, auch in ihrer Materialität als Schrift, zum Thema seiner Dichtung.
Diese produktiven Dimensionen der Kant-Krise erschließen sich natürlich erst rückblickend. Die kantischen Motive dienten Kleist zur Objektivierung eines bis dahin nur unzureichend erfassten Zustands des Selbstzweifels. Ganz praktisch entzog er sich durch die Berufung auf seine philosophische Entdeckung aber auch allerlei Verpflichtungen. Der Kant-Schock bot einen willkommenen Anlass, den lang gehegten Plan einer Fahrt nach Paris in die Tat umzusetzen.

Aufbrüche und Abbrüche (1801-1804)

Die allegorische Rede vom »Lebensweg« hat Kleist wörtlich genommen und das »Reisen als Daseinsform« praktiziert (Schulz 2007, S. 216). Große Pläne entpuppten sich häufig als

Reisen als Daseinsform

Anlässe zum Unterwegssein. Eine magnetische Wirkung übte noch das von Ulrike und der Tante (gest. 1809) beaufsichtigte Elternhaus in Frankfurt an der Oder aus, ansonsten pflegte Kleist mit Ausnahme der Zeit in Dresden 1807/08 und Berlin 1810/11 die nomadische Existenz eines besitzlosen Adligen. Allenfalls zum Schreiben schuf er sich provisorisch eine Behausung.

Stadtleben und Landleben

Mitte April 1801 brach Kleist zusammen mit seiner energischen Schwester Ulrike zu einer Bildungsreise auf. Erste Station war für einen Monat die Kunststadt Dresden, die Kleist auf der ominösen Würzburger Reise nur gestreift hatte. Jetzt wurde der unter Führung des Malers Friedrich Lose unternommene Gang durch die Sammlungen der sächsischen Kurfürsten, allen voran die Gemäldegalerie mit Raffaels Sixtinischer Madonna, zu einem »ästhetischen Erweckungserlebnis« (Staengle 2007, S. 52; vgl. Arnd Beise, KH, S. 251 ff.). Zu den weiteren Stationen auf dem Weg nach Westen zählte Leipzig, wo sie u. a. einer öffentlichen Vorlesung des berühmten »philosophischen Arztes« Ernst Platner beiwohnten. Da Frauen zu derartigen Veranstaltungen offiziell nicht zugelassen waren, trat Ulrike, wie später auch in Paris, in Männerkleidung auf. In Halberstadt erkundigten sich die beiden bei dem greisen

Feuerwerk am 14. 7. 1801 in Paris. Kupferstich von 1801

Dichter Ludwig Gleim über ihren schreibenden Vorfahren Ewald von Kleist, einst ein enger Freund Gleims.

Mit Ulrike in Paris

Rechtzeitig zur Feier des Friedensfestes anlässlich der Erstürmung der Bastille am 14. Juli 1789 trafen sie in Paris ein, der Hauptstadt des 19. Jahrhunderts. Kleist war kein Anhänger der mittlerweile durch Napoleons Staatsstreich von 1799 stillgestellten Bewegung, obgleich die Revolution als epochales Ereignis sein Werk tief geprägt hat. Die Massenveranstaltung fand er »unwürdig«. Sie präludierte die negativen Paris-Eindrücke der folgenden Monate: Dem Kant-Schock folgte bei dem Rousseau-Kenner Kleist ein Großstadtschock, dem gegenüber frühere Einsamkeitsbekundungen in der beschaulichen Berliner Gesellschaft verblassten. Da half auch kaum der von Wilhelm von Humboldt vermittelte Studienkontakt zu einer Reihe erstklassiger französischer Gelehrter wie dem Astronomen Joseph-Jerôme de Lalande.

Großstadtschock und neue Pläne

»Ich habe dem 14t Juli [...] beigewohnt [...], an welchem zugleich das Fest der wiedererrungenen Freiheit u das Friedensfest gefeiert ward. Wie solche Tage würdig begangen werden könnten, weiß ich nicht bestimmt; doch dies weiß ich, daß sie fast nicht unwürdiger begangen werden können, als dieser. [...] keine von allen Anstalten erinnerte an die Hauptgedanken, die Absicht, den Geist des Volks durch eine bis zum Ekel gehäufte Menge von Vergnügungen zu *zerstreuen*, war überall herrschend [...]. – Rousseau ist immer das 4t Wort der Franzosen; und wie würde er sich schämen, wenn man ihm sagte, daß dies *sein* Werk sei?–« (Kleist über seine Eindrücke beim Pariser Friedensfest 1801. An Karoline von Schlieben, Paris, 18. Juli 1801; DKV IV, S. 240 f.)

Hoffnungen auf eine neue Existenz als Deutschlehrer oder Philosophiedozent trugen nicht weit. Immerhin konnte Kleist zusammen mit dem mitgereisten Friedrich Lose im Louvre sein ästhetisches Urteilsvermögen an den immensen Kunstschätzen erweitern, die Napoleon aus seinen Feldzügen als Symbole seiner neuen Macht nach Paris geschafft hatte.

Die enttäuschenden Großstadterfahrungen verführten Kleist zu extremen Schritten. Am selben Tag, an dem er mit 24 Jahren volljährig wurde und das relativ bescheidene väterliche Erbe antreten konnte, teilte er der in Berlin wartenden Verlobten seine Pläne mit. Das »Bücherschreiben für Geld« wurde verworfen, zum ersten Mal ist die Rede von einem dichterischen »Ideal«. Zugleich kündigte er Wilhelmine die radikale Abkehr von den Wissenschaften an. Stattdessen wolle er sich in der Schweiz niederlassen, um »im eigentlichsten Verstande *ein Bauer*« zu werden (DKV IV, S. 275). Der dichtende Landwirt – Kleists Einladung zum alternativen Leben wurde für die Fernbeziehung zur weiteren Belastungsprobe. Der aberwitzige Plan strapazierte auch das Verhältnis zu Ulrike und damit zur Familie. Kleist aber blieb stur: Mitte November verließen die Geschwister noch gemeinsam Paris, ab Frankfurt am Main ging dann jeder seines Weges.

Aufenthalt in der Schweiz

Schon im Zeitalter der Aufklärung begeisterten sich viele deutsche Intellektuelle für die anscheinend geglückte Symbiose von Gesellschaft und Landschaft in der Schweiz. Idyllische Vorstellungen vom »Lande der Freiheit« waren Anfang des 19. Jahrhunderts jedoch längst von der machtpolitischen Realität eingeholt worden. Zur Zeit von Kleists Aufenthalt standen die Eidgenossen vor der doppelten Zerreißprobe einer Okkupation durch Napoleons Truppen einerseits und einem Bürgerkrieg andererseits. Unter diesen Umständen war an eine Ansiedlung, die sowieso von Ulrikes finanziellem Engagement abhängig gewesen wäre, nicht mehr zu denken.

Kleist blieb aber vorerst in der Schweiz. In Bern hatte er über Heinrich Zschokke einen Freundeskreis gefunden, der seine literarischen Ambitionen enorm beflügelte. Kleist kannte Zschokke aus Frankfurt an der Oder, wo dieser studiert hatte, bevor er später in die Schweiz übersiedelte. Bis Ende 1801 war Zschokke als Regierungskommissar in Basel tätig gewesen. Über ihn lernte Kleist den Verleger Heinrich Gessner kennen, einen Sohn Salomon Gessners, des berühmten Idyllendichters des 18. Jahrhunderts. Dritter im Bunde war Gessners Schwager Ludwig Wieland, gleichaltrig mit Kleist und Sohn der bei Weimar lebenden Dichtergröße Christoph Martin Wieland. Wie Kleist träumte Ludwig Wieland von einer Schriftstellerexistenz, die ihm sein Vater durch deutliche Ansprachen auszureden verstand (LS, Nr. 80).

Innerhalb dieses literarisch-politischen Zirkels, in dem sich die Nachfolgegeneration erfolgreicher Autoren der Aufklärung zusammenfand, reiften die Pläne zu den ersten Dramen. Von den Freunden erhielt Kleist Anregungen, ihnen trug er Passagen aus dem Erstlingswerk vor. Zschokke hat Jahrzehnte später über die Zeit Anfang 1802 berichtet (LS, Nr. 67a). Eine Lesung aus dem Manuskript zur *Familie Schroffenstein* mündete in schier endlosem Gelächter, sodass man nicht bis zur letzten Mordszene gelangen konnte. Über das in Zschokkes Zimmer hängende Bild mit dem Titel *Le juge, ou la cruche cassée* trugen die drei einen Dichterwettstreit aus, aus dem später der *Zerbrochne Krug* entstanden ist.

Ein erster Dramenentwurf: »Die Familie Schroffenstein«, vgl. S. 62 ff.

Zum Schreiben hatte sich Kleist im Frühjahr 1802 inmitten der politischen Wirren ein isoliertes Idyll geschaffen. Er mietete ein Landhäuschen auf der sogenannten Delosea-Insel am Ausfluss der Aare aus dem Thuner See. Über hundert Jahre später hat Robert Walser dieser Szenerie des weltabgewandten preußischen Dichters Kleist inmitten der Bauern und der erhabenen Natur ein einfühlsames biographisches Porträt gewidmet. Auf der Aare-Insel schloss Kleist die *Familie Schroffenstein* ab, hier begann er mit ersten Szenen zum *Robert Guiskard*, der als Tragödie großen Stils geplant war.

Das Kleist-Haus auf der Aare-Insel bei Thun. Fotografie von ca. 1940

Die selbst auferlegte »Verbannung« (DKV IV, S. 307) endete im Sommer. Von einem dramatischen Appell des angeblich in Bern krank daniederliegenden, mittellosen Kleist an den Vetter Wilhelm von Pannwitz alarmiert (»ich bitte Gott um den Tod und dich um Geld«; DKV IV, S. 309), machte sich die Schwester Ulrike sofort auf den Weg in die Schweiz. Sie fand ihren Bruder gesund, aber wie so häufig knapp bei Kasse vor. Die politisch aufgeladene Stimmung führte schließlich zum Abbruch des Schweizer Abenteuers. Als der forsche Ludwig Wieland wegen ungebührlichen Betragens ausgewiesen wurde, verließen die Geschwister mit ihm das Land.

»Manchmal, besonders an schönen Abenden ist ihm, als sei hier das Ende der Welt. Die Alpen scheinen ihm der unerklimmbare Eingang zu einem hochgelegenen Paradiese zu sein. Er geht auf seiner kleinen Insel, Schritt für Schritt, auf und ab. Das Meitschi hängt Wäsche zwischen den Büschen auf, in denen ein melodiöses, gelbes, krankhaftschönes Licht schimmert. Die Gesichter der Schneeberge sind so blaß, es herrscht in allem eine letzte, unanrührbare Schönheit. Die Schwäne, die zwischen dem Schilf hin und her schwimmen, scheinen von Schönheit und abendlichem Licht verzaubert. Die Luft ist krank. Kleist wünscht sich in einen brutalen Krieg, in eine Schlacht versetzt, er kommt sich wie ein Elender und Überflüssiger vor.« (Robert Walser imaginiert Kleists Aufenthalt in Thun; Walser 1973, S. 48).

Drama des Scheiterns

Vgl. »Robert Guiskard«, S. 79 ff.

Die Zeitspanne zwischen Winter 1802/03 und der Rückkehr nach Berlin im Mai 1804 ist gekennzeichnet durch die Arbeit am *Robert Guiskard* und der schweren persönlichen Krise infolge des Scheiterns an diesem Dramenprojekt, das von Beginn an mit besonderen Erwartungen an die eigenen Fähigkeiten verknüpft war.

Christoph Martin Wieland

Aus der Schweiz war Kleist direkt nach Weimar gereist, der Genius Loci dürfte dabei keine geringe Rolle gespielt haben. Welchen Eindruck die Stadt auf ihn gemacht hat oder mit wem er dort verkehrt hat, liegt mangels überlieferter Lebenszeugnisse im Dunkeln. Konkreter Grund für den Aufenthalt war der von Ludwig Wieland vermittelte Kontakt zu seinem Vater, der in der Nähe, in Oßmannstedt, auf seinem Gut lebte. Weihnachten 1802 bezog Kleist bei dem damals fast 70-jährigen Wieland, dessen Frau gerade gestorben war, ein Zimmer und intensivierte die Arbeit an seiner Tragödie.

In einem späteren Brief charakterisierte Wieland Kleist als zurückhaltend, rätselhaft und etwas geheimnisvoll. Ihm zufolge war Kleist mit dem *Guiskard* dazu berufen, »die große Lücke in unserer dermaligen Literatur auszufüllen, die […] selbst von Goethe und Schiller noch nicht ausgefüllt worden ist« (LS, Nr. 89). Das gewichtige Urteil einer der zentralen

Weimarer Dichtergestalten war für den ehrgeizigen jungen Dramatiker »der stolzeste Augenblick meines Lebens« (DKV IV, S. 399) und Überforderung zugleich.
Nach amourösen Verwicklungen mit der 14-jährigen, »sehr hübsche[n] Tochter Wielands« (DKV IV, S. 311) machte sich der über seine näheren Ziele unschlüssige Kleist auf nach Leipzig. Wielands Empfehlungsschreiben für den Verleger Georg Joachim Göschen führte dort zu keiner Zusammenarbeit, stattdessen nahm Kleist Deklamationsunterricht bei dem Universitätslektor Heinrich August Kerndörffer. Die Wirkung seines Dramenvortrags auf den begeisterten Wieland hatte sein Interesse an der in literarischen Kreisen hoch geschätzten Sprechkunst geweckt (vgl. Meyer-Kalkus 2001). Literatur, auch Dramen, wurde seinerzeit eher durch Vorlesen im privaten Rahmen oder in Salons bekannt. Sicherlich versprach sich Kleist, »der bei seiner bedeckten Stimme und seiner Hast leicht ins Stottern geriet« (LS, Nr. 317), von dem Unterricht auch die Korrektur eigener Aussprachefehler.
Von Leipzig zog es Kleist in das ihm bereits gut bekannte Kunstzentrum Dresden. Hier traf er eine Reihe von Freunden und Bekannten aus der Potsdamer Militärzeit, allen voran Ernst von Pfuel, der aus der Armee ausgeschieden war, sowie das reiselustige Ehepaar Werdeck. Adolphine von Werdeck gehörte zu Kleists ausgesuchten Briefpartnerinnen. Der Plan zu einer Sommerreise mit Pfuel gefiel Kleist, da er dabei endlich den *Guiskard* zu vollenden hoffte. Finanzielle Unterstützung suchte er bei der Schwester Ulrike, diesmal konnte er die Familie aber mit einer Referenz des bekannten Wieland beeindrucken und beruhigen (vgl. DKV IV, S. 316 ff.).

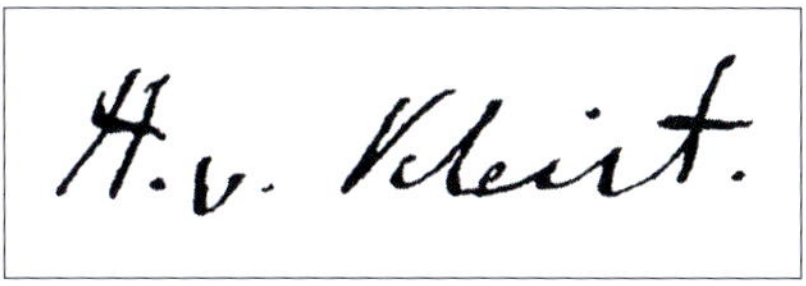

Kleists Unterschrift im Besucherbuch der Dresdner Bibliothek, 13. Juni 1803

Für die Zeit dieser Reise von Ende Juli 1803 bis zum Mai 1804 ist die Bezeichnung »Kleists verlorenes Jahr« (Samuel u. Brown 1981) zutreffend. Von ihm selbst sind nur zwei Briefe überliefert, die vorhandenen spärlichen Lebensspuren von dritter Seite (z. B. LS, Nr. 114a) geben nur Schattenrisse seiner Person wieder. Vermutlich verstärkte das Umherziehen die Erfahrung von »Ortlosigkeit« (vgl. Schulz 2007, S. 253 ff.).

Auf großer Wanderschaft mit Pfuel

Der Weg der Reisenden führte zunächst wieder nach Bern und Thun, dann aber über die Alpen weiter nach Oberitalien. Zurück ging es dann nach einem längeren Aufenthalt in Thun im Oktober über Genf nach Paris, dem von Pfuel und den Werdecks vorgesehenen Reiseziel. An Paris hatte Kleist keine guten Erinnerungen, auch der neuerliche Aufenthalt stand unter keinem guten Vorzeichen. Mit Ernst von Pfuel zerstritt er sich dort heftig, innerhalb der Gemeinde der deutschen Paris-Besucher wurde er als Außenseiter wahrgenommen. Bereits aus Genf hatte er seiner Schwester über das von Heinrich Gessner nicht gezahlte Resthonorar für die *Familie Schroffenstein* und seine seit anderthalb Jahren andauernden, quälerischen Bemühungen um den *Guiskard* berichtet. Drei Wochen später folgte das Eingeständnis einer zur Lebenskrise ausgedehnten Schaffenskrise: »Ich habe in Paris mein Werk, so weit es fertig war, durchlesen, verworfen, und verbrannt: und nun ist es aus.« (DKV IV, S. 321)

Schaffens- und Lebenskrise in Paris

In einem Anfall von »Lebensüberdruß« (DKV IV, S. 330) entschloss sich Kleist zu einem waghalsigen Unternehmen. In Paris kursierten Meldungen über Napoleons Vorbereitungen zu einem großen Schlag im Handelskrieg gegen England. Kleist machte sich auf den Weg an die Kanalküste nach St. Omer, um sich für die dort gerade zusammengestellte Invasionsarmee rekrutieren zu lassen. Wenn er schon als Dichter dem Familiennamen keine Ehre machen konnte, so wollte er wenigstens, wie es sich für einen von Kleist gehörte und wie er es gelernt hatte, »den schönen Tod der Schlachten sterben« (DKV IV, S. 321) – egal wo und auf welcher Seite.

Kleist wurde kein französischer Soldat, und Napoleon ließ später seine Invasionspläne fallen. Während der besorgte Pfuel schon das Pariser Leichenschauhaus durchsuchte, war Kleist bei seinem ersten Andienungsversuch von den französischen Behörden als verdächtig zurückgewiesen worden. Ein zweiter Versuch scheiterte ebenfalls. Dabei wäre Kleist, der keinen Pass besaß, beinahe als Spion angeklagt und, wie es üblich war, hingerichtet worden. Mittlerweile war er aber mit seiner Aktion ins Visier höherer Stellen geraten. In Absprache mit dem französischen Kriegsministerium und dem preußischen König erteilte der preußische Gesandte in Paris, Lucchesini, dem Offizier a. D. die Weisung zur sofortigen Rückkehr nach Potsdam. Bei seinem Abschied aus der Armee viereinhalb Jahre zuvor hatte Kleist versprechen müssen, in keine auswärtigen Kriegsdienste zu treten.

Im Dezember 1803 begab sich Kleist auf die Heimreise. Aufgrund seiner schlechten Verfassung – bei der »Gemüthskrankheit« (DKV IV, S. 330) handelte es sich sehr wahrscheinlich um eine schwere Depression – schaffte er es jedoch zunächst nur bis Mainz. Unterschlupf fand er dort bei dem Mediziner und Schriftsteller Georg Christian Wedekind, einem ehemaligen Jakobiner, der bei der Belagerung von Mainz 1792/93 die Gegner der angreifenden Koalitionstruppen unterstützt hatte. Offenbar hatte er für Kleist eine Art Beschäftigungstherapie vorgesehen, im Gespräch war jedenfalls eine Anstellung in der französischen Verwaltung des Département Rhin-Moselle, Kleist soll aber auch mit einer Tätigkeit als Tischler in Koblenz geliebäugelt haben.

Bei Georg Wedekind in Mainz

Später behauptete er, sich selbst in dieser Phase nicht mehr verstanden und »nahe an fünf Monaten abwechselnd das Bett oder das Zimmer gehütet« zu haben (DKV IV, S. 330 f.). Es gibt Zweifel an dieser Selbstauskunft. Mutmaßungen über eine geheime Kuriertätigkeit Kleists zwischen Mainz und Paris für den politisch aktiven Wedekind sind nicht belegt.

Im April 1804 reiste Kleist aus Mainz ab, besuchte den nach Weimar umgezogenen Wieland, die Familie in Frankfurt an der Oder und tauchte nach über drei Jahren Abwesenheit Anfang Mai 1804 wieder in Berlin auf.

Staatsdiener, Dichter, Deportierter (1804-1807)

Im Amt befangen

Nach der Verausgabung an dem einen großen Drama und dem persönlichen Zusammenbruch war Kleist in den nächsten beiden Jahren um Anschluss an eine in geordneten Bahnen verlaufende, bürgerliche Existenz bemüht.

Kurz nach der Ankunft in Berlin ließ er im Charlottenburger Schloss die demütigende Audienz bei dem einflussreichen Generaladjutanten des Königs, von Köckeritz, über sich erge-

Auf Stellungssuche in Berlin

hen (vgl. DKV IV, S. 322 ff.). Für Kleist selbst überraschend wurde sein Gesuch an den König um eine Anstellung im Zivildienst positiv beschieden. In dieser Phase griff zum ersten Mal das Beziehungsnetz von Marie von Kleist. Es wurde erwogen, ob Kleist mit Maries Bruder Peter von Gualtieri, der in Berlin auf großem Fuß lebte, als Attaché an die preußische Gesandtschaft nach Madrid reisen sollte. Nach dem günstigen Bescheid des Königs aktivierte Marie ihren Schwager Christian von Massenbach, der ein Mitschüler Schillers an der Hohen Karlsschule gewesen war und später, 1806, als preußischer Generalquartiermeister für den verlorenen Krieg mitverantwortlich gemacht werden sollte. Massenbach empfahl Kleist an den Minister Karl August von Hardenberg, der ihn an einen seiner engsten Mitarbeiter, den Oberfinanzrat Altenstein, verwies.

Im Januar 1805 begann Kleist die kameralistische Ausbildung im Finanzdepartement. Erleichtert wurde ihm der Einstieg dadurch, dass er zu seinem Vorgesetzten Altenstein persönliches Vertrauen gefasst hatte. Dieser gehörte zu einer Gruppe von Beamten, die an Konzepten für die Modernisierung der verkrusteten Verwaltung in Preußen arbeiteten. In seiner Probezeit war Kleist vor allem »mit der Abfassung einiger Rescripte« (DKV IV, S. 336), also amtlicher Verfügungen, befasst.

Zur weiteren Schulung wurde Kleist im Mai 1805 nach Königsberg geschickt, wo etwas über ein Jahr zuvor Kant gestorben war. In der drittgrößten Stadt Preußens blieb Kleist insgesamt anderthalb Jahre und arbeitete als Diätar materiell abgesichert an der Kriegs- und Domänenkammer unter dem ostpreußischen Oberpräsidenten Hans Jakob von Auerswald. Zur theoretischen Ausbildung gehörten Vorlesungen bei dem Wirtschaftsexperten Christian Jacob Kraus. Kleist charakterisiert ihn als jemanden, der »wirklich Ideen, mit Hand und Fuß, wie man sagt, zur Welt bringt. Er streut Gedanken, wie ein Reicher Geld aus.« (DKV IV, S. 340) Kraus' wirtschaftsliberaler Ansatz war an den nationalökonomischen Theorien von Adam Smith orientiert und von erheblichem Einfluss auf die preußische Reformgesetzgebung.

Beamtenanwärter in Königsberg

Diese in etwa bis zum Frühjahr 1806 andauernde Phase beruflicher Stabilisierung wirkte sich auch auf andere Lebensbereiche aus. Kleist erneuerte die in Paris arg strapazierte Freundschaft zu Ernst von Pfuel, der wieder in die Armee eingetreten war. Ihm schrieb er in dieser Zeit »den schönsten Liebesbrief eines Mannes an einen Mann« (Bisky 2007, S. 244), der immer wieder zu Spekulationen über Kleists Männerliebe geführt hat (vgl. Detering 2002, S. 115-154).

»Wir empfanden, ich wenigstens, den lieblichen Enthusiasmus der Freundschafft! Du stelltest das Zeitalter der Griechen in meinem Herzen wieder her, ich hätte bei dir schlafen können, du lieber Junge; so umarmte Dich meine ganze Seele! Ich habe deinen schönen Leib oft, wenn Du in Thun vor meinen Augen in den See stiegest, mit wahrhaft *mädchenhaften* Gefühlen betrachtet.« (Kleist an Ernst von Pfuel, 7. Januar 1805; DKV IV, S. 336)

Ein Wiedersehen gab es mit der ehemaligen Verlobten Wilhelmine und ihrem frischgebackenen Ehemann, dem Philosophieprofessor Wilhelm Traugott Krug, der ausgerechnet Nachfolger auf dem Lehrstuhl Kants geworden war. Nach anfänglichen Irritationen soll Kleist häufiger Gast in ihrem Haus gewesen sein (Kraft 2007, S. 88). Schließlich zog auch noch die Schwester Ulrike nach Königsberg. Fraglich ist, ob sie endlich dem vom Bruder geäußerten Wunsch zum Zusammenleben nachgegeben hatte oder eher als Aufpasserin fungierte. Vielleicht war sie hellhörig geworden, denn im Sommer 1805 meldete sich der Bruder »bettlägerig« und imaginierte über die »Schillersche Todesart« (DKV IV, S. 345) – eine Anspielung auf dessen Tod nach schwerer Krankheit am 9. Mai 1805.

Politisierung Kleists

In Königsberg hatte Kleist Umgang mit Gelehrten, Beamten und Repräsentanten des Staates, die nicht so ohne Weiteres nach konservativem Lager hier und modernisierungsbereitem Lager dort zu sortieren waren. Die Vorlesungen von Kraus und die in der Königsberger Gesellschaft diskutierte prekäre innen- und außenpolitische Situation Preußens führten zu einer deutlichen Politisierung Kleists, die vor allem im Brief an Rühle von Lilienstern vom Dezember 1805 ihren Ausdruck fand. In seiner vorausblickenden Analyse gibt sich Kleist als Kritiker der zögerlichen Haltung Friedrich Wilhelms III. und als preußischer Patriot zu erkennen. Das Land treibe einem »schönen Untergang« entgegen. Die politische Zentralfigur war Napoleon, der sich im Dezember 1804 zum Kaiser hatte krönen lassen und mit seiner aggressiven Machtpolitik nicht nur Preußens Neutralitätshaltung herausforderte. Es entstehe »aus dem ganzen cultivierten Theil von Europa ein einziges, großes System von Reichen«, das von Frankreich dominiert und in Abhängigkeit gehalten werde. Der Brief endet mit einem Bekenntnis zum Tyrannenmord: »Warum sich nur nicht Einer findet, der diesem bösen Geiste der Welt die Kugel durch den Kopf jagt.« (DKV IV, S. 352)

Produktive Schreibphase

Wieder waren die politischen Verhältnisse ungewiss geworden, und fast scheint es, als gehörten solche Krisenzeiten zu den literarischen Produktionsbedingungen. Vorerst von finanziellen Nöten befreit, wusste Kleist sich Freiräume zu seiner weiteren dichterischen Entwicklung zu verschaffen. Genaue Zeugnisse über die Arbeit an einzelnen Werken fehlen, im Nachhinein lässt sich aber rekonstruieren, dass er in Königsberg enorm produktiv gewesen sein muss.

Vgl. »Der zerbrochne Krug«, S. 65 ff.

Nachweislich beendet hat Kleist dort das in der Schweiz begonnene Lustspiel *Der zerbrochne Krug* (vgl. DKV IV, S. 361). Die Justizkritik im Stück geht offenkundig auf seine Einblicke in die Verwaltungspraktiken und das Rechtswesen Preußens zurück. Im Übrigen soll Kleist angesichts der assoziationsreichen Verbindung Wilhelmine–Krug–Kant für das Lustspiel besonders motiviert gewesen sein. Intensiv muss Kleist auch

Vgl. »Amphitryon«, S. 70 ff.

am *Amphitryon* gearbeitet haben. Das Stück wird nur einmal in einem Brief erwähnt (DKV IV, S. 398) und ist vor seiner Veröffentlichung im Mai 1807 vermutlich in Königsberg fertiggestellt worden. In der zweiten Jahreshälfte 1806 hat sich

Vgl. »Penthesilea«, S. 74 ff.

Kleist sehr wahrscheinlich der *Penthesilea* gewidmet (vgl. DKV IV, S. 362). Entstanden ist in Königsberg anscheinend die 1807 erstmals unter anderem Titel publizierte Novelle *Das Erdbeben in Chili*, die vom Untergang einer gesellschaftlichen Ordnung erzählt. Möglicherweise arbeitet er in dieser Zeit bereits

Vgl. »Michael Kohlhaas«, S. 96 ff.

am *Michael Kohlhaas*. In der Novelle wird nicht nur inhaltlich ein Rechtsfall erörtert, die Geschichte macht auch auf die Sprache des Rechts durch den geschraubten juristischen Kanzleistil aufmerksam, den Kleist an seiner Arbeitsstätte, der Kriegs- und Domänenkammer, eingeübt haben dürfte. Auch der Essay *Über die allmähliche Verfertigung der Gedanken beim Reden* enthält Hinweise auf Königsberg. Der Aufsatz beschäftigt sich mit dem Phänomen des »lauten Denkens« und wurde womöglich durch die Vorlesungen von Kraus angeregt. Er vermittelt einen guten Eindruck von Kleists eigener Arbeitsweise und enthält ein Selbstporträt am »Geschäftstisch über den Akten« mit der hinter ihm sitzenden Schwester (DKV III, S. 535).

Vgl. »Über die allmähliche Verfertigung der Gedanken beim Reden«, S. 123 f.

In Wirklichkeit war Kleist natürlich nicht in erster Linie auf seine Brotarbeit konzentriert. Er trieb seine literarischen Arbeiten voran, daneben tauschte er sich mit Pfuel über phantastische Projekte aus, so über die Entwicklung eines als »Hydrostat« bezeichneten U-Boots oder über den Plan einer gemeinsamen Auswanderung nach Australien (vgl. DKV IV, S. 342 f., 348). In den Briefen häuften sich Nachrichten über Krankheitsanfälle. Im Februar 1806 beantragte Kleist unter Hinweis auf seinen schwankenden Gesundheitszustand eine Verlängerung des Ausbildungsjahres. Ulrike verließ die Stadt im Frühjahr. Im Juli 1806 bat er seinen Vorgesetzten Altenstein dann um einen halbjährigen, unbezahlten Urlaub, der ihm auch gewährt wurde. Wenig später schrieb er dem Freund Rühle, er habe Urlaub genommen, »doch bloß um mich sanfter aus der Affaire zu ziehen. Ich will mich jetzt durch meine dramatischen Arbeiten ernähren [...]. Nun wieder zurück zum Leben! So lange das dauert, werd ich jetzt Trauerspiele und Lustspiele machen.« (DKV IV, S. 361 f.)

Entschluss zur Dichterexistenz

Im Sommer 1806 entschloss sich Kleist endgültig zur Existenz als freier Schriftsteller. Nach den monatelangen Strapazen seines Doppellebens als Beamter und Dichter ging er für mehrere Wochen ins nahegelegene Ostseebad Pillau zur Kur. Kurz darauf wurde er von den politischen Ereignissen eingeholt.

Im Krieg gefangen

Durch gegenseitige Drohgebärden hatte sich der Konflikt zwischen Frankreich und Preußen zugespitzt; Hegemonialstreben und Anspruch auf Selbständigkeit standen sich unversöhnlich gegenüber. Die Schlacht bei Jena und Auerstedt am

14. Oktober 1806 besiegelte das Ende Preußens als europäische Großmacht. In der Folge der Niederlage brach, wie Kleist es vorausgesagt hatte, der alte preußische Staat zusammen, ein Großteil der militärischen und zivilen Führungsschicht flüchtete aus Berlin, das am 25. Oktober von französischen Truppen besetzt wurde.

Napoleons Einzug in Berlin am 27. Oktober 1806. Gemälde von Charles Meynier, 1810

Auf der Flucht nach Ostpreußen trafen das Königspaar sowie der gesamte Hof am 10. Dezember in Königsberg ein. Kleist befand sich in der Stadt und damit im Zentrum des Wirrwarrs. Dort traf er Ernst von Pfuel wieder, der, zumindest körperlich, unversehrt aus der Schlacht zurückgefunden hatte (vgl. Bisky 2007, S. 268).

Unter Spionageverdacht

Während alles nach Osten floh, machte sich Kleist Mitte Januar 1807 zusammen mit Pfuel und zwei aus der Armee entlassenen Offizieren, Gauvain und Ehrenberg, auf den Weg nach Westen. Der genaue Grund dieser gefährlichen Reise in das französisch besetzte Gebiet, ob privat oder doch in geheimer Mission, liegt im Dunkeln. Pfuel verließ die Gruppe in Nennhausen und blieb auf dem Gut des Dichters Friedrich de la Motte Fouqué. Kleist und die anderen reisten weiter nach Berlin, wo sie am 30. Januar unter dem Vorwurf der Spionage festgenommen wurden. Einen Tag später befanden sie sich mit einem Gefangenentransport auf dem Weg nach Frankreich. Anfang März erreichten sie die Festung Fort de Joux in der Nähe von Pontarlier, hoch im Juragebirge gelegen.

Über die Freunde Gleißenberg und Schlotheim konnte Kleist Verbindung zur Schwester Ulrike aufnehmen. Er schrieb auch seinem väterlichen Freund Wieland über die unwirtlichen, aber nicht lebensbedrohlichen Haftumstände und äußerte sich optimistisch: »Die ganze Veränderung, die ich darunter erleide, besteht darin, daß ich nunmehr in Joux, statt in Dresden oder Weimar dichte.« (DKV IV, S. 372)
Welche Werke Kleist in der Gefangenschaft unter der Feder hatte, ist nicht bekannt. Vielleicht hat er an der *Penthesilea* weitergearbeitet oder auch an der kein Jahr später erstveröffentlichten Erzählung *Die Marquise von O....*, in der die Wirren des Krieges und eine Festung eine große Rolle spielen. Deutliche Bezüge gibt es zum zeitgeschichtlichen Hintergrund der vermutlich später entstandenen Erzählung *Die Verlobung in St. Domingo*: Kleists Begleiter Gauvain wurde in der Zelle untergebracht, in der vier Jahre zuvor François-Dominique Toussaint Louverture, der Initiator des in der Novelle behandelten haitianischen Sklavenaufstandes, gestorben war (vgl. DKV IV, S. 374).

Vgl. »Die Verlobung in St. Domingo«, S. 107 ff.

Mittlerweile hatte Ulrike mit Petitionen die verantwortlichen Militärs auf das Schicksal ihres Bruders und seiner Leidensgenossen aufmerksam gemacht. Im April wurde den Gefangenen Hafterleichterung gewährt, und sie kamen in das Kriegsgefangenenlager Châlons-sur-Marne, wo sie sich freier bewegen konnten. Erhalten hat sich aus der Zeit der Kriegsgefangenschaft das offenbar von einem Mithäftling angefertigte und dann von den Behörden beschlagnahmte »Dilettantenporträt« Kleists, das neben der Miniatur Friedels als authentische Kleist-Darstellung gilt.

Entlassung aus der Haft

Nach dem Frieden von Tilsit am 9. Juli 1807, durch den Preußen fast die Hälfte seines Gebietes verlor und zu einer Macht dritten Ranges herabsank, erhielt Kleist den Entlassungsbefehl. Mit finanzieller Hilfe Ulrikes, die er wieder einmal mit einer gemeinsamen Zukunft umwarb (vgl. DKV IV, S. 381 ff.), begab sich Kleist Ende Juli auf den Rückweg nach Berlin. Eigentliches Ziel aber war Dresden, wo gerade die erste Veröffentlichung unter Kleists Namen erschienen war.

Kunst und Krieg (1807-1809)

Symbolische Kämpfe

Für seinen Aufenthalt in Dresden, dem »Lieblingssitze der deutschen Kunst« (LS, Nr. 206a), plante Kleist über den Tag hinaus. Tatsächlich blieb er von August 1807 bis April 1809. Für diesen, neben der letzten Berliner Zeit, längsten Aufenthalt an einem Ort hat sich eine Adresse erhalten: »Pirnsche Vorstadt, Rammsche Gasse 123«. Rühle von Lilienstern, der als Prinzenerzieher für einen Sohn des Weimarer Herzogs Carl August tätig war, wohnte vornehmer direkt nebenan. Später teilte sich Kleist das Quartier mit Ernst von Pfuel, den es nach seiner Entlassung aus der Armee ebenfalls nach Dresden gezogen hatte.

Für Kleists Ruf in der Stadt war vorgesorgt. Rühle hatte den Privatgelehrten Adam Müller, der gerade in den Dresdner Salons reüssierte, als Herausgeber des *Amphitryon* gewonnen. Während Kleist sich noch in Gefangenschaft befand, wurde dem Stück in Cottas *Morgenblatt* »echte Genialität« bescheinigt (LS, Nr. 175a). Und noch ehe der Autor in Dresden ankam, hatte Goethe auf Betreiben Müllers bereits ein Exemplar erhalten, zusammen mit einem Manuskript des *Zerbrochnen Krugs*, den er sich für eine Aufführung in Weimar vorstellen konnte (vgl. LS, Nr. 185). Kurz nach der Ankunft in der Stadt erschien schließlich in fünf aufeinanderfolgenden Nummern des Tübinger *Morgenblattes* – noch unter anderem Titel – die Erzählung *Das Erdbeben in Chili*, wodurch das Ansehen des Dichters weiter gestiegen sein dürfte. Sichtbares Zeichen war die Dichterkrönung, die Kleist an seinem dreißigsten Geburtstag »von zwei niedlichsten kleinen Händen, die in Dresden sind«, empfing (DKV IV, S. 393). Gemeint war Juliane Kunze, eine Pflegetochter des Dresdner Oberappellationsgerichtsrats Christian Gottfried Körner, in die Kleist kurzzeitig unglücklich verliebt gewesen sein soll.

Von Beginn an fand Kleist über Rühle Zugang zu den tonangebenden Kreisen der Residenzstadt. Sachsen stand als Rheinbundstaat seit 1806 unter dem Protektorat Napoleons, war aber nicht von französischen Truppen besetzt und beliebter Exilort der preußischen Intelligenz. Zu den kulturellen Treff-

punkten der Stadt gehörte das Haus Körners, der ein Förderer, enger Freund und bedeutender Briefpartner Schillers gewesen war. Daneben spielte das Haus des österreichischen Gesandten Joseph von Buol-Mühlingen für die politischen Zirkel eine immer wichtigere Rolle.
Mit öffentlichen Vorlesungsreihen hatte die lokale Geselligkeitskultur eine originelle Form des gebildeten Austausches für sich entdeckt. Kleist hörte hier Vorträge des Dresdner Arztes Gotthilf Heinrich Schubert über die *Ansichten von der Nachtseite der Naturwissenschaften* und unterhielt sich mit ihm über seine Theorie des Somnambulismus. Grundlage für Schuberts Theorie war der Fall einer zwölfjährigen Ratsherrentochter aus Heilbronn, der Kleist zu dem in der Dresdner Zeit entstandenen *Käthchen von Heilbronn* anregte (vgl. Kommentar, DKV III, S. 872 f.).

Vgl. »Das Käthchen von Heilbronn«, S. 81 ff.

»Der Somnambulismus kündigt sich sogleich als eine mit dem gewöhnlichen Daseyn nicht unmittelbar zusammenhängende Erscheinung an. Denn obgleich die Sommnambülen mit der größten Lebendigkeit und Klarheit auf alle ihnen vorgelegten Fragen antworten, und in jeder Hinsicht witziger sinn- und geistreicher erscheinen als jemals im Wachen, [...] bleibt doch von diesem allen bey dem Erwachen noch weniger zurück, als von dunklen Träumen. Ja, der Somnambulismus scheint alles das was im Wachen unser ist, in einem vorzüglich hohen Grade in sich zu vereinigen.« (Gotthilf Heinrich Schubert, von dessen Theorien über Somnambulismus sich Kleist zum *Käthchen von Heilbronn* anregen ließ; Schubert 1808, S. 334 f.)

Adam Müller

Großen Zulauf hatten in Dresden die Vorlesungen Adam Müllers, der sich nicht als Fachgelehrter, sondern mit einem breiten Spektrum an Themen als Publizist etablierte und zu den Begründern einer nationalkonservativen ›politischen Romantik‹ zählt. Der aus Berlin stammende Müller war bürgerlicher Herkunft und arbeitete zielstrebig an seiner Karriere. Gefördert wurde er von Friedrich Gentz, einem in österreichischen Diensten stehenden einflussreichen Napoleongegner. Kleist hatte dem zwei Jahre jüngeren Müller einiges zu verdanken, umgekehrt wusste Müller sich mit Kleists dichterischem Talent zu schmücken. Zwischen beiden entstand eine »intensive Arbeitsgemeinschaft« (Schulz 2007, S. 326), die in Dresden im Streit vorläufig endete, später in Berlin aber noch einmal aktiviert wurde.

Das erste gemeinsame Projekt galt der Sicherung des materiellen Auskommens und sah die Gründung einer Karten-, Kunst- und Verlagsbuchhandlung unter dem Namen *Phoenix* vor. Kleist verband damit die Absicht, »die Manuscripte, die ich jetzt fertig habe, zum eignen Verlag« zu bringen (DKV IV, S. 392). Der Schwester Ulrike berichtete er vom ersten Coup des Unternehmens: Bei der französischen Regierung wollte man sich um die Herausgabe der deutschen Ausgabe des *Code Napoléon* bemühen. Nationale Feindschaft hin oder her – das neu zu installierende Zivilgesetzbuch versprach Umsatz.

Das gesamte Vorhaben zerschlug sich aber rasch. Zum einen fehlte die Anschubfinanzierung. Die der Schwester Ulrike überschwänglich in Aussicht gestellten »22 p. C.« Rendite dürften dieser zu Recht als höchst unrealistisch erschienen sein. Zum anderen wandten sich die zunftähnlich organisierten Dresdner Buchhändler gegen die Konkurrenz auf dem schwierig gewordenen Absatzmarkt in Sachsen. Mit Erfolg, die Konzession wurde von den Behörden verweigert.

Umschlagszeichnung des *Phöbus* von Ferdinand Hartmann

Kleist und Müller hatten aber noch ein weiteres Eisen im Feuer: *Phöbus. Ein Journal für die Kunst* (vgl. Anton P. Knittel, KH, S. 164 ff.). Die Zeitschrift sollte monatlich im Selbstverlag mit Unterstützung von Freunden, u. a. Rühle und Pfuel, erscheinen und sich dann später selbst tragen. Auf den ersten Blick reihte sich der *Phöbus* in die Flut von Kulturzeitschriften ein, die seit Schillers wirkungsmächtigen *Horen* (1795-1797) mit mythologischen Titeln ihre Ausrichtung am klassischen Bildungsideal zu erkennen gaben. Die Herausgeber des *Phöbus* waren jedoch auf Konfrontation aus: »Unter dem Schutze des daherfahrenden Gottes eröffnen wir einen Wettlauf.« (DKV III, S. 645) Das ganze Feld der Kunst und Literatur sollte nicht mehr am Harmonisch-Schönen ausgerichtet werden, sondern durch Widerstreit und Abgrenzung die ästhetischen Gemüter aus ihrem Dämmerschlaf holen. Der *Phöbus* passte eigentlich gut in die Zeitstimmung, und im Prinzip war das kulturbeflissene Dresden der richtige Ort zur Verbreitung produktiver Unruhe. Kleist und Müller wollten sich mit ihrem Journal an die Spitze der sich abzeichnenden Auseinandersetzung zwischen Klassik und Romantik setzen.

Das Kunstjournal »Phöbus«

»Göthe hat Müller geantwortet, und versprochen, sobald es Zeit und Gesundheit erlauben, Beiträge zum Phöbus zu geben. Sie können uns sehr verbinden, wenn Sie ihm von Seiten Müllers und Kleists und meiner darüber etwas Schmeichelhaftes sagen wollen. [...] Können Sie nicht auf irgend eine Weise den Phöbus unter die Protektion des Primas bringen. Darf man ihm vielleicht ein Exemplar überreichen?« (Rühle von Lilienstein macht PR-Arbeit für den *Phöbus*. An Karl Bertuch; 11. Januar 1808; BKB 13, 2000, S. 16)

Zwiespältig blieb dabei die Einstellung gegenüber Goethe, dem Übervater der Epochen, der zusehends empfindlich auf Angriffe der jüngeren Generation reagierte. Einerseits galt Goethe nach Schillers Tod als der Repräsentant des klassischen Zeitalters. Andererseits warben Kleist und Müller mit der »Begünstigung Goethes«, ohne ihn gefragt zu haben.

Kleists Verhältnis zu Goethe

Der Start des Unternehmens wurde von einer ausgeklügelten Pressekampagne begleitet, und die erste Nummer vom 23. Januar 1808 führte direkt auf ein »Schlachtfeld«. Auf Kleists *Prolog* folgte ein Auszug aus der *Penthesilea*. Kleist hatte sein in Königsberg begonnenes Drama rechtzeitig beendet und konnte im *Phöbus* mit einem *Organischen Fragment* aufwarten – zwei bewusst gewählte Reizwörter des romantischen Diskurses. Zwar blieb in dem Auszug das Dramenende mit der Zerfleischung des Achill vorsichtshalber ausgespart, trotzdem lieferte es einen Vorgeschmack auf die Herausforderungen, die das gesamte

Stück für die ästhetischen Gewohnheiten der Leserschaft bedeutete.

»Ich habe die Penthesilea geendigt, von der ich Ihnen damals, als ich den Gedanken zuerst faßte, [...] einen so begeisterten Brief schrieb. Sie hat ihn wirklich aufgegeßen, den Achill, vor Liebe. Erschrekken Sie nicht, es läßt sich lesen. [...] Es hier schon zweimal in Gesellschaft vorgelesen worden, und es sind Thränen gefloßen; soviel das Entsetzen, das unvermeidlich dabei war zuließ. [...] Ob es, bei den Forderungen, die das Publikum an die Bühne macht, gegeben werden wird, ist eine Frage, die die Zeit entscheiden muß.« (Kleist über die *Penthesilea* an Marie von Kleist, Dresden, Spätherbst 1807; DKV IV, S. 395 f.)

Am Tag nach Erscheinen der ersten *Phöbus*-Nummer sandte Kleist ein Exemplar an Goethe. In seinem Begleitbrief, soweit bekannt der einzige direkte Kontakt, gab er sich betont ehrerbietig, empfahl die *Penthesilea* »auf den Knien meines Herzens« (DKV IV, S. 407) und bedankte sich für die laufenden Bemühungen um eine Aufführung des *Zerbrochnen Krugs*. Die Antwort kam binnen einer Woche und fiel reserviert aus. Dem Weimaraner war der Affront der *Penthesilea* gegen die eigene, auf Johann Joachim Winckelmann zurückgehende Konzeption der Antike als Kunstideal (»edle Einfalt, stille Größe«) nicht entgangen. Kleists Drama gelangte im Sommer 1808 zum Druck, zunächst auf eigene Kosten in Dresden. Weil dies aber zu teuer wurde, gab Kleist das Werk bei Cotta in Tübingen in Kommission. Ein Verkaufserfolg wurde es nicht.

Kleists Unterschrift im Brief an Goethe, 24. Januar 1808

Goethes Uraufführung des »Zerbrochnen Krugs«, vgl. S. 69 f.

Welche Auswirkung Goethes Ablehnung der *Penthesilea* auf seine Arbeit an der Uraufführung des *Zerbrochnen Krugs* hatte, ist schwer zu ermitteln. Zumindest die Behauptung, der *Krug* gehöre wie die *Penthesilea* »dem unsichtbaren Theater« an, war eine krasse Fehleinschätzung (LS, Nr. 185). Die *Krug*-Aufführung in Weimar am 2. März 1808 geriet jedenfalls zum Debakel (vgl. Bisky 2007, S. 36 ff.). Kleist hatte den Plan einer Anreise zu diesem Ereignis glücklicherweise schon vorher wieder verworfen und machte den Regisseur Goethe für den

Reinfall verantwortlich. Flugs rückte er Auszüge aus dem *Krug* ins Märzheft des *Phöbus* zwecks Begutachtung durch die erweiterte Öffentlichkeit. Im darauffolgenden Doppelheft für April/Mai platzierte er noch eine Reihe bissiger Epigramme gegen Goethe, der aber schon endgültig »mit den Dresdnern [...] gebrochen« hatte (LS, Nr. 264b). Der »Wettlauf« hatte somit ein vorzeitiges Ende gefunden.

Kaum zwei Monate nach Erscheinen der ersten Nummer zeichnete sich für den *Phöbus* bereits eine Finanzierungskrise ab. Der Absatz war zu optimistisch kalkuliert worden. Mit zugkräftigen Namen wurde zwar geworben, so mit Wieland, Jean Paul oder Ludwig Tieck, den Kleist in Dresden persönlich getroffen hatte. Beiträge kamen aber überwiegend von Autoren der zweiten Reihe, u. a. von Körner, Schubert und vor allem von dem Dresdner Arzt und Schriftsteller Karl Friedrich Gottlob Wetzel. Zunehmend mussten Kleist und Müller die Hefte mit eigenen Arbeiten füllen. Von Kleist erschienen neben den Auszügen aus der *Penthesilea* und dem *Krug* ein *Fragment aus dem Trauerspiel: Robert Guiskard* – diesmal fehlte der Ausdruck »organisch« – sowie Teile einer ersten Fassung des *Käthchens von Heilbronn*. Mit dem Stück hatte Kleist offenbar im Herbst 1807 direkt nach Beendigung der *Penthesilea* begonnen. Von den Erzählungen wurden *Die Marquise von O....* sowie eine erste Fassung des *Michael Kohlhaas* gedruckt. Dazu kamen Gelegenheitsgedichte, Fabeln sowie als letzte Arbeit für das Journal das längste Gedicht Kleists, *Der Schrecken im Bade*. Unter dem ironischen Untertitel »Eine Idylle« betreibt es ein Spiel mit Geschlechterrollen.

Der *Phöbus* erschien zwischen Januar 1808 und März 1809 in insgesamt neun Ausgaben, darunter drei Doppelhefte, deren Auslieferung sich ständig verzögerte. Ab dem sechsten Heft übernahm die Walthersche Hofbuchhandlung in Dresden den Verlag. Adam Müller, der sich schon viel früher aus dem Unternehmen zurückziehen wollte, hatte das Geschäft heimlich eingefädelt, ohne Kleist über die Bedingungen zu informieren: Außenstände gingen direkt an Walther, Autorenhonorare wurden nicht mehr gezahlt. Als Kleist Anfang April 1809 davon erfuhr, kam es zum Streit mit Müller, der in eine

Duellforderung mündete. Pfuel und Rühle konnten die beiden Kontrahenten gerade noch davon abbringen.

Reale Kämpfe

Das unrühmliche Ende des *Phöbus* fiel zusammen mit dem Ende der treibhausähnlichen Atmosphäre in Dresden. In der Folge der österreichischen Kriegserklärung an Frankreich am 9. April 1809 wandte sich Kleist von der Betätigung innerhalb eines gesonderten kunst- und literaturästhetischen Feldes gänzlich ab, um sich mit dem »ganzen Gewicht, so schwer oder leicht es sein mag, in die Waage der Zeit zu werfen« (DKV IV, S. 431). Dabei mögen die Enttäuschung über den Niedergang des *Phöbus* und die Aussichtslosigkeit einer Existenzsicherung auf diesem Wege ebenso eine Rolle gespielt haben wie Interessenverschiebungen im engeren Umkreis. Rühle verfolgte mit *Pallas*, einer »Zeitschrift für Staats- und Kriegskunst«, ein eigenes Konkurrenzprojekt, und Pfuel hatte, wie auch Rühle, im Sommer 1808 geheiratet.

Politische Konspiration

Allerdings war Kleist schon vor dem Kriegsausbruch und neben der unbefriedigenden Herausgebertätigkeit politisch aktiv geworden. In Dresden, das unweit der österreichischen Grenze lag, hatte sich das Haus des österreichischen Gesandten Buol im Verlauf des Jahres 1808 zum »Zentrum anti-napoleonischer Propaganda« entwickelt (Schulz 2007, S. 409). Wie sein Freund Pfuel soll Kleist in dieser Zeit ein konspiratives patriotisches Netzwerk unterstützt haben, für das offenbar auch die Schwester Ulrike eingespannt wurde (vgl. DKV IV, S. 421). Nachrichten aus Südwesteuropa über den grausamen Krieg zwischen der spanischen Guerilla und den französischen Besatzern beflügelten Ideen über einen »von oben« zu initiierenden Volksaufstand gegen Napoleons Truppen im eigenen Land. »Die Erbitterung nimmt in Deutschland täglich zu, und es ist rathsam, sie zu nähren und auf die Menschen zu wirken«, lautete eine Botschaft des leitenden preußischen Ministers Stein, derentwegen er von den Franzosen im August 1808 aus dem Amt entfernt wurde (zit. nach Kommentar, DKV II, S. 1072).

In dieser aufgeheizten Stimmung schrieb Kleist ab dem Sommer 1808 an der *Herrmannsschlacht*. Im Dezember kursierte das Stück »unter dem Siegel des Schweigens« in der Dresdner Gesellschaft, es wurde aber auch vorgelesen (LS, Nr. 303a, 304a). Mit dem Agitationsstück schrieb Kleist ganz bewusst gegen das eingeschliffene Nationenbild des biederen, redlichen Deutschen an und nahm dabei auch keinerlei Rücksichten auf das humane Menschenbild der Aufklärung.

Vgl. »Die Herrmannsschlacht«, S. 85 ff.

An einen Druck oder eine Aufführung war in dem unter französischer Verwaltung stehenden Sachsen nicht zu denken. Anfang 1809 sandte Kleist die *Herrmannsschlacht* nach Wien an den einflussreichen Dichter und Hofsekretär Heinrich Joseph von Collin, zu dem er über die österreichische Gesandtschaft Verbindung aufgenommen hatte. Ein paar Monate zuvor hatte Kleist an Collin schon seine beiden so gegensätzlichen Dramen *Penthesilea* und das *Käthchen von Heilbronn* geschickt. Ursprünglich sollte Collin sich für eine Aufführung des *Käthchens* in Wien einsetzen, die *Herrmannsschlacht* war Kleist aber nun wichtiger und aktueller. Eine Aufführung kam jedoch nicht zustande.

Politische Lyrik

Nach Wien, von wo aus der Widerstand gegen die Franzosen organisiert werden sollte, ging aber noch weiteres Material. Für propagandistische Zwecke hatte Kleist eine Reihe politischer Gedichte verfasst und in Auswahl abgesandt: *An Franz den Ersten*, *Kriegslied der Deutschen* und *Germania an ihre Kinder*. Breitere Wirkung entfaltete davon nur das letzte, das Pfuel nach Kleists Tod am Anfang der sogenannten Befreiungskriege 1813 drucken ließ. Formal ist die Ode *Germania an ihre Kinder* eng an Schillers berühmtes *An die Freude* angelehnt, inhaltlich steht sie im diametralen Gegensatz: Solidarität wird auf Nationalität verengt, anstelle von »allen Menschen« ist nur noch von »Deutschen« die Rede.

Wenig später verließ auch Kleist die Stadt und begab sich, wie der zuvor bereits ausgewiesene Buol, in Richtung Wien. Begleitet wurde er von Friedrich Christoph Dahlmann, der später als namhafter Historiker zu den unbeugsamen »Göttinger Sieben« gehörte, einer Gruppe von Professoren, darunter auch die Brüder Grimm, die 1837 gegen die Aufhebung der Verfassung des Königreichs Hannover protestierten und deshalb vom

König entlassen wurden. Durch Dahlmanns Aufzeichnungen ist einiges über die Zeit in Österreich zwischen Frühjahr und Herbst 1809 bekannt geworden, von dem rastlosen Kleist selbst haben sich nur vier Briefe erhalten.

Die Fußreise führte die beiden über Teplitz zunächst nach Prag, dem neuen Zufluchtsort der preußischen Patrioten. Aber bald machten sie sich auf den Weg nach Wien, das am 13. Mai 1809 von Napoleon besetzt worden war. In Znaim trafen sie mit Buol und dem preußischen Unterhändler Karl Friedrich von dem Knesebeck zusammen. Von dort aus ging es weiter ins nördlich von Wien gelegene Stockerau, wo sie vom Ausbruch der Schlacht bei Aspern am 21./22. Mai erfuhren.

Der überraschende Sieg der Österreicher war der erste über Napoleons Truppen überhaupt und schürte nicht nur bei Kleist die Erwartung einer Erhebung im gesamten ehemaligen deutschen Reichsgebiet: »Nun zweifle ich keinen Augenblick mehr, daß der König von Preußen und mit ihm das ganze Norddeutschland losbricht, und so ein Krieg entsteht, wie er der großen Sache, die es gilt, würdig ist.« (DKV IV, S. 34) Drei Tage nach dem Ereignis begaben sich Kleist und Dahlmann als Kriegstouristen auf das Schlachtfeld. Was ihnen dort an Spuren des blutigen Geschehens vor Augen kam, ist nicht bekannt. Überliefert ist nur, dass sie kurzzeitig als französische Spione verhaftet wurden und Kleist dabei mit seinen patriotischen Gedichten, die er bei sich führte, nicht beeindrucken konnte (LS, Nr. 317b).

Kleist als Kriegstourist

Zurück in Prag, bemühten sich beide intensiv bei den österreichischen Behörden um die Genehmigung für ein neues Wochenblatt unter dem Titel *Germania*. Als Organ politischer Publizistik war es das genaue Gegenstück zum *Phöbus* und sollte ein Forum für die nationale Identitätsbildung bieten (van Essen 2005, S. 110). Zu den von Kleist vorgesehenen Aufsätzen gehörten das *Lehrbuch der französischen Journalistik*, in dem ein Ideal des Zeitungswesens gegen Versuche staatlicher Einflussnahme entworfen wird, der *Katechismus der Deutschen*, eine Art Glaubenslehre des Patriotismus, sowie die Schrift *Was gilt es in diesem Kriege?*, die eine über die napoleonische Herrschaft hinausweisende Vision einer neuen

Ein neues Projekt – »Germania«

»Gemeinschaft« von »Brüder-Nationen« entwirft (DKV III, S. 478).

Der *Germania*-Plan war aber bald Makulatur, und Kleists Texte blieben ungedruckt. Mit seinem Sieg über die Österreicher in der Schlacht bei Wagram am 5./6. Juli stellte Napoleon die Machtverhältnisse wieder her. Spätestens mit dem Friedensschluss am 14. Oktober erwiesen sich alle Hoffnungen auf einen durchorganisierten Aufstand als illusorisch.

Der geplatzte Traum der Patrioten zwang Kleist zur Auseinandersetzung mit seiner schwierigen materiellen Lage. Ihn drückten Schulden aus der Dresdner Zeit, die *Herrmannsschlacht* war nirgends mehr unterzubringen, und auch für das *Käthchen von Heilbronn* war kein Interessent in Sicht. In Berlin und Königsberg kursierten Gerüchte über seinen Tod (vgl. LS, Nr. 332c). Ende Oktober verließ er zusammen mit Dahlmann Prag. Nach Stationen in verschiedenen Orten kam er laut Melderegister am 4. Februar 1810 in Berlin an. Nach kurzer Zeit bezog er eine Wohnung in der Mauerstr. 53 in der Nähe des Gendarmenmarkts – die letzte Adresse in seinem Leben.

Der letzte Wohnort: Berlin

Berliner Lektionen (1810-1811)

Gesellschaft und Einsamkeit

»Hier wimmelt die Stadt von Poeten«, notierte Achim von Arnim im Februar 1810 (LS, Nr. 347). Im Windschatten der Krise Preußens blühte das kulturelle Leben in Berlin wieder auf. Vor allem Vertreter der romantischen Bewegung zog es in die Stadt: neben Arnim namentlich Clemens Brentano, Joseph von Eichendorff, Adam Müller, Wilhelm Grimm und Ludwig Robert. Karl August Varnhagen von Ense und seine spätere Frau Rahel Levin-Robert lebten hier, das erfolgreiche Schriftstellerehepaar Fouqué wohnte in Stadtnähe. Die Universität war gerade neu gegründet worden, und der zuständige Wilhelm von Humboldt konnte die Lehrstühle mit bedeutenden Gelehrten besetzen, darunter Johann Gottlieb Fichte und Friedrich Schleiermacher. Adelige Salonkultur und bürgerliche Lesegesellschaften mischten sich in den Häusern der Fürstin von Radziwill, der Gräfin von Voß sowie in den Verle-

Berliner romantische Kreise

gerhäusern von Julius Eduard Hitzig, Johann Daniel Sander und seiner Frau Sophie sowie Georg Andreas Reimer.

Die französischen Truppen waren bereits im Dezember 1808 zu anderen Kriegsschauplätzen weitergezogen, das Treiben in der Stadt wurde seitdem von der französischen Gesandtschaft überwacht. Ende Dezember 1809 kehrte auch der preußische König zurück, eigentlich war er schon viel früher erwartet worden. Auf diesen Umstand bezog sich ein Anfang 1809 entstandenes kritisches Gedicht Kleists, das als Herrscherlob getarnt war: *An den König von Preußen, zur Feier seines Einzugs in Berlin im Frühjahr 1809*, mit dem einschränkenden Untertitel: *(wenn sie statt gehabt hätte)*. Natürlich verbot die Zensur den Druck, eine abgeschwächte Version erschien am 5. Oktober 1810 in den *Berliner Abendblättern*.

Mauerstraße Nr. 53 mit Kleists Wohnung. Fotografie von 1910

Der Sonderling

Kleist gehörte zwar zu den regelmäßigen Gästen in den geselligen Zirkeln der Stadt, den Zeitgenossen erschien er aber eher als Außenseiter. Arnim, der ebenfalls in der Mauerstraße wohnte, charakterisierte ihn als armen Poeten: Er »lebt sehr wunderlich, oft ganze Tage im Bette, um da ungestört bei der Tabakspfeife zu arbeiten« (LS, Nr. 347). Erneut versuchte Kleist, seine Schwester Ulrike zu einem gemeinsamen Leben zu überreden, und lockte mit Kontakten in höchste Kreise. Auf Vermittlung Marie von Kleists hatte er am 10. März der Königin persönlich an ihrem Geburtstag das Huldigungsgedicht *An die Königin Louise von Preußen* überreichen dürfen, »das sie, vor den Augen des ganzen Hofes, zu Thränen gerührt hat« (DKV IV, S. 442). Das Gedicht ist in drei Fassungen, unter anderem als Kleists einziges Sonett, überliefert (Hettche 1986, S. 236 ff.). Kleists Ablehnung des Königs stand die Verehrung für die Königin gegenüber. Spätestens seit ihrem Treffen mit Napoleon in Tilsit galt die Mutter von sieben noch lebenden Kindern, drei waren verstorben, als nationale Integrationsfigur. Ihre mythische Verklärung in Literatur und Kunst nahm nach ihrem plötzlichen Tod am 19. Juli noch zu.

Mit dem Tod der Königin waren die Hoffnungen auf Protektion dahin. Gegenüber Ulrike hatte Kleist die Möglichkeit der Privataufführung eines neuen Stücks »aus der Brandenburgischen Geschichte« erwähnt, das als Druck der Königin gewidmet und ihr überreicht werden sollte. Gemeint war der *Prinz Friedrich von Homburg*, mit dem er vermutlich Anfang 1809 in Dresden begonnen und den er direkt nach der Ankunft in Berlin beendet hatte. So wie sich der Plan der Widmung zerschlug, so kam es auch zu keiner Aufführung des Stücks zu Kleists Lebzeiten.

Vgl. »Prinz Friedrich von Homburg«, S. 90 ff.

Etwas mehr Erfolg hatte er mit zwei anderen Projekten, die dringend benötigtes Honorar einbrachten. Mit dem Verleger Reimer vereinbarte Kleist im April 1810 die Herausgabe eines Bandes mit drei Erzählungen, *Michael Kohlhaas*, *Die Marquise von O….* sowie *Das Erdbeben in Chili*. Sie waren an anderer Stelle bereits publiziert worden, nur der *Kohlhaas* musste umgeschrieben werden. Für den Band hatte Kleist den Titel »Moralische Erzählungen« vorgesehen, nach der Lektüre dürften Reimer Zweifel gekommen sein, das Adjektiv ist im Druck jedenfalls gestrichen.

Der Band erschien zeitgleich mit dem *Käthchen von Heilbronn* in Reimers Realschulbuchhandlung Ende September 1810 zur Messe in Leipzig. Erst Anfang August hatte Kleist Reimer das lange liegengebliebene Stück zum Druck angeboten. Nun konnte er darauf verweisen, dass es ein halbes Jahr zuvor mehrmals in Wien erfolgreich aufgeführt worden war. Joseph von Collin, an den das *Käthchen* bereits im Oktober 1808 gegangen war, hatte es noch einmal für die Bühne überarbeitet.

Sicher hätte Kleist es gerne gesehen, wenn das *Käthchen* am Berliner Nationaltheater aufgeführt worden wäre, das seit 1796 unter der Leitung von August Wilhelm Iffland stand. Iffland, der in der Uraufführung von Schillers *Räubern* den Franz Moor gegeben hatte, war nicht nur der bei Hof angesehene Schauspieler und Intendant, sondern selbst Verfasser einer Vielzahl populärer Theaterstücke. Bereits 1808 hatte Kleist ihm das

Käthchen vergeblich zur Prüfung übermitteln lassen, im August 1810 probierte er es ein zweites Mal. Ifflands Absage reizte Kleist so sehr, dass er es mit einem Brief auf einen Skandal ankommen ließ. In Anspielung auf Ifflands Homosexualität schrieb er, es täte ihm leid, dass das Käthchen »ein Mädchen ist; wenn es ein Junge gewesen wäre, so würde es Ew. Wohlgebohren wahrscheinlich besser gefallen haben« (DKV IV, S. 448). Der Streit wurde zum Gesellschaftsgespräch, und Kleist bekam eine Vorstellung davon, wie man die Aufmerksamkeit des Publikums gewinnen konnte.

Streit mit Iffland

Alles in einem Blatt

Die *Berliner Abendblätter* waren nach dem *Phöbus* und der *Germania* das dritte, ungleich größer angelegte publizistische Unternehmen Kleists, das er mit höchstem persönlichem Einsatz betrieb. Vorbereitet durch eine Werbekampagne des Verlegers Julius Eduard Hitzig, erschien am 1. Oktober 1810 die erste Nummer der *Abendblätter*, die sechsmal in der Woche ausgeliefert wurden und damit die erste Tageszeitung Berlins und eine der ersten in Deutschland überhaupt waren. Die kleinformatige Zeitung hatte einen Umfang von vier Seiten, hinzu kamen mehrmals Extrablätter, der Preis war gering. Die *Abendblätter* erschienen ein halbes Jahr lang, insgesamt enthielten sie 838 Texte. Dem vielversprechenden ersten Quartal folgte der im Dezember nach Zensurauflagen und einem Verlegerwechsel beginnende Niedergang.
Anders als in den beiden Vorläuferprojekten, die auf ästhetische Debatten bzw. politische Agitation ausgerichtet waren, stand in den *Abendblättern* die »Unterhaltung aller Stände des Volks« (BKA II/7, S. 98) zunächst an erster Stelle. Der enorme Anfangserfolg – zeitweilig mussten Wachen vor den Verkaufsstellen postiert

Extrablatt zum ersten *Berliner Abendblatt*

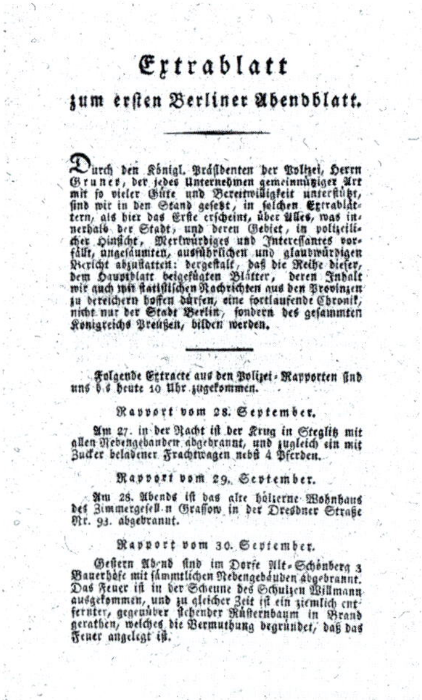

Extrablatt

zum ersten Berliner Abendblatt.

Durch den Königl. Präsidenten der Polizei, Herrn Gruner, der jedes Unternehmen gemeinnütziger Art mit so vieler Güte und Bereitwilligkeit unterstützt, sind wir in den Stand gesetzt, in solchen Extrablättern, als hier das Erste erscheint, über Alles, was innerhalb der Stadt, und deren Gebiet, in polizeilicher Hinsicht, Merkwürdiges und Interessantes vorfällt, ungesäumten, ausführlichen und glaubwürdigen Bericht abzustatten: dergestalt, daß die Reihe dieser, dem Hauptblatt beigefügten Blätter, deren Inhalt wir auch mit statistischen Nachrichten aus den Provinzen zu bereichern hoffen dürfen, eine fortlaufende Chronik, nicht nur der Stadt Berlin, sondern des gesammten Königreichs Preußen, bilden werden.

Folgende Extracte aus den Polizei-Rapporten sind uns bis heute 10 Uhr zugekommen.

Rapport vom 28. September.

Am 27. in der Nacht ist der Krug in Steglitz mit allen Nebengebäuden abgebrannt, und zugleich ein mit Zucker beladener Frachtwagen nebst 4 Pferden.

Rapport vom 29. September.

Am 28. Abends ist das alte hölzerne Wohnhaus des Zimmergesellen Grassow in der Dresdner Straße Nr. 93. abgebrannt.

Rapport vom 30. September.

Gestern Abend sind im Dorfe Alt-Schönberg 3 Bauerhöfe mit sämmtlichen Nebengebäuden abgebrannt. Das Feuer ist in der Scheune des Schulzen Willmann ausgekommen, und zu gleicher Zeit ist ein ziemlich entfernter, gegenüber stehender Rüsternbaum in Brand gerathen, welches die Vermuthung begründet, daß das Feuer angelegt ist.

werden – beruhte auf einer Geschäftsidee Kleists, die aus seinem Kontakt zu dem Berliner Polizeipräsidenten und geheimen Napoleongegner Justus Gruner entstanden war. Über ihn bekam Kleist Zugang zu den täglichen Polizeiberichten, aus denen er eine aktuelle Auswahl präsentieren konnte: Unfälle, Diebstähle, Selbstmorde, Betrügereien etc. Insbesondere eine Serie von Brandstiftungen in der Stadt, die Kleist zur »Mordbrennerei« (BKA II/7, S. 36) dramatisierte, sprach die Neugier der Leserschaft an.

»Dass wirklich Bösewichter vorhanden sind, die auf vorsätzliche Brandstiftungen ausgehen, zeigt deutlich ein, gestern vom Regiments-Chirurgus Löffler, auf der Straße gefundener, und vom geheimen Rat von Kummer der Polizei übergebener alter baumwollener Handschuh. Dieser war mit einer Menge Holzkohlen, Feuerschwamm, Papier und einem Präparat von Kohlenstaub und Spiritus gefüllt, welches schon, bei Annäherung der Flamme, Feuer fing [...] so daß der beabsichtigte Brand sehr gefährlich werden konnte. (Fortsetzung folgt.)« (Aus einem in den *Berliner Abendblättern* veröffentlichten Polizeirapport vom 2. Oktober 1810; BKA II / 7, S. 15 f.)

Allerdings gab sich der Zeitungsmacher Kleist nicht mit dieser frühen Form des Sensationsjournalismus zufrieden. Aus der Berliner Literatenszene rekrutierte er eine Reihe von Mitarbeitern, die Beiträge aus den Bereichen Kultur, Wirtschaft und Gesellschaft lieferten. Zu ihnen gehörten Adam Müller, mit dem sich Kleist gleich nach seiner Ankunft in Berlin wieder versöhnt hatte, sowie Arnim, Brentano, Fouqué u. a.
Mit einem immensen Arbeitspensum war Kleist zugleich Herausgeber, Redakteur und Haupttextlieferant seiner Zeitung. Von ihm stammten im ersten Quartal die meisten Beiträge, darunter die Gespenstergeschichte *Das Bettelweib von Locarno* und die Musikerzählung *Die heilige Cäcilie*. In der Zeitung erschien zudem eine Reihe Essays, deren Wert für die ästhetische Einschätzung des gesamten Werkes erst viel später erkannt worden ist, allen voran der vordergründig theaterkritische Text *Über das Marionettentheater* sowie die kunsttheoretische Erörterung *Empfindungen vor Friedrichs Seelandschaft*

Vgl. »Das Bettelweib von Locarno«, S. 110 ff.

Vgl. »Die heilige Cäcilie«, S. 115 ff.

Vgl. Essays, S. 121 ff.

und der *Allerneueste Erziehungsplan*. Die Abendblätter waren auch Publikationsort aller Anekdoten Kleists. Er rehabilitierte damit eine wenig geschätzte Erzählform, in der – wie in der *Anekdote aus dem letzten preußischen Kriege* – die große Weltgeschichte durch scheinbar marginale Geschichten gefiltert wurde (vgl. Ingo Breuer, KH, S. 93 f.).

Anekdoten

Nach etwa einem Monat hatte der Aufstieg des Blattes seinen Höhepunkt erreicht. Adam Müller schrieb an Rühle, Kleist habe zwar »viel Geld verdient, fängt aber schon wieder an, sein sehr großes Publikum zum Bizarren und Ungeheurn umbilden zu wollen« (LS, Nr. 406). In ernsthafte Schwierigkeiten gerieten die *Abendblätter* vor allem durch zwei Ereignisse. Kleist hatte seine Fehde mit dem Theaterdirektor Iffland zu einer regelrechten Kampagne gegen die »Iffländereien« (LS, Nr. 410) ausgeweitet und dabei ignoriert, dass der Intendant in Staatskanzler Hardenberg einen mächtigen Fürsprecher hatte. Er platzierte ein Spottgedicht *An unsern Iffland* (BKA II/7, S. 18 f.) und forcierte in den Kritiken die Angriffe auf das Nationaltheater sowie die hauptsächlich auf Rührstücke beschränkte Spielplanpolitik. Als es infolge eines Artikels bei einer Aufführung zu einem Tumult kam, setzte Gruner Anfang Dezember 1810 das Verbot der Theaterberichterstattung durch.

Noch härter waren die Reaktionen auf eine von Adam Müller geschriebene Artikelserie, die sich kritisch mit dem preußischen Staatsliberalismus unter Hardenberg auseinandersetzte (Kraft 2007, S. 176 ff.). Nach dem Erscheinen des Artikels *Vom Nationalcredit* (BKA II/7, S. 210 ff.) am 16. November ordnete der König eine strenge Zensur an. Gleichzeitig wurde die Lieferung der Polizeiberichte auf eine Auswahl unbedeutender Nachrichten beschränkt.

Durch diese Maßnahmen sanken die Absatzzahlen der *Abendblätter* so sehr, dass der Verleger Hitzig sich aus dem Geschäft zurückzog. An seiner Stelle übernahm Anfang 1811 das »Kunst- und Industrie-Comptoir« von August Kuhn die Zeitung. Kleists Honorar wurde gekürzt und andere nicht gedeckte Kosten in Rechnung gestellt. Er musste die Arbeit jedoch weiterführen, da viele Abonnenten im Voraus bezahlt hatten.

Im zweiten Quartal änderten die *Abendblätter* völlig ihr Gesicht. Außer einigen Texten Kleists erschienen kaum noch Originalbeiträge. Die Zeitung lebte vom »Bülletin der öffentlichen Blätter«, einer Zusammenstellung politischer Nachrichten aus dem In- und Ausland. Eigene Ansichten konnte Kleist nur noch indirekt durch ein geschicktes Arrangement von Texten durchblicken lassen, ein Verfahren, das er schon im ersten Quartal praktiziert hatte.

Beginn des Feuilletons

Medienhistorisch stellen die *Berliner Abendblätter* ein innovatives Projekt dar. Es steht am Ursprung des Feuilletons und hat sich in der »Verschleifung zwischen Literatur und Gebrauchstext« frühzeitig mit Fragen nach einer »Logik des Massenmediums« beschäftigt (Sibylle Peters, KH, S. 170 f.). Zu den Abonnenten der *Abendblätter* gehörten damals die Brüder Grimm. In ihrer Sammelleidenschaft haben sie es als Einzige für wert befunden, die »ideale Wurstzeitung« (LS, Nr. 422) zu archivieren. Ohne ihr vollständiges Exemplar wären die Lücken in Kleists Werk heute noch größer.

Das Ende eines innovativen Projekts

Seit Anfang Dezember 1810 hatte sich Kleist intensiv um eine längerfristige Finanzierung bemüht und sogar beim Staatskanzler Hardenberg die Übernahme als »halb-ministerielles Blatt« beantragt. Er hoffte auch auf eine Entschädigung für die durch die behördlichen Anordnungen verursachten Verluste. Aber die über den gesamten Winter 1810/1811 anhaltenden Bemühungen um eine Einigung mit Hardenberg und später mit dessen Bürochef Friedrich von Raumer schlugen ins Gegenteil um, als Kleist die Nerven verlor und Raumer mit einer Duellforderung drohte (vgl. DKV IV, S. 474). Daraufhin verhärteten sich die Fronten, und Kleist musste nachgeben. Am 30. März 1811 erschien die letzte Nummer der *Berliner Abendblätter*, er war nicht nur finanziell ruiniert, sondern auch in seiner persönlichen Reputation beschädigt.

»Am Morgen meines Todes«

Bereits im April bewarb sich Kleist mit einem unterwürfigen Brief bei Hardenberg um einen unbedeutenden Posten als Redakteur bei einem Amtsblatt. Die Anfrage blieb erfolglos und bildete den Auftakt einer Reihe vergeblicher Versuche, sich eine neue Lebensgrundlage zu verschaffen. Mit der Bitte um eine »Anstellung im Civildienst« oder zumindest der Gewährung von »Wartegeld« wandte sich Kleist im Mai an den Prinzen Wilhelm von Preußen, im Juni gar an den König und schilderte ausführlich seine Sicht auf den Streit mit der Staatskanzlei.

Vereinsamt in Berlin

Auf die Berliner Kreise konnte Kleist kaum mehr zählen. Marie von Kleist zog Ende April nach Mecklenburg auf das Gut der Gräfin von Voß und kehrte nur kurz Anfang September in die Stadt zurück. Überhaupt schien der kulturelle Aufschwung in Berlin vorbei zu sein, die Kreise hatten sich zerstreut. Der frisch verheiratete Arnim privatisierte mit seiner Frau Bettina, der Schwester Clemens Brentanos, und Adam Müller hatte, wie andere auch, die Stadt verlassen. Gerade ihn vermisste Kleist: »Müllers Abreise hat mich in große Einsamkeit versenkt Er war es eigentlich um deßentwillen ich mich vor nun ohngefähr einem Jahr wieder in Berlin niederließ.« (DKV IV, S. 497) Schließlich entzog sich auch Ulrike Kleists »Wunsch, dich auf dauerhafte Weise in meiner Nähe zu wissen« (DKV IV, S. 500).

Es blieben literarische Arbeiten und Pläne. Kleist hatte sich von dem Verleger Reimer bereits im Februar 1811 einen Vorschuss auf den zweiten Band *Erzählungen* auszahlen lassen und zur Schuldentilgung genutzt. Der Band erschien Anfang

Vgl. S. 107 ff.

August und eröffnete mit der *Verlobung in St. Domingo*. Die Novelle war bereits im März/April in mehreren Nummern der Zeitschrift *Der Freimüthige* erschienen, sie enthält eine Passage, die häufig als literarisches Phantasieren des späteren realen Selbsttötungsaktes gelesen wird. Aus den *Abendblättern* wurden das *Bettelweib* und *Die heilige Cäcile* übernommen. Neu geschrieben hat Kleist den *Findling*, seine düsterste No-

Vgl. S. 118 ff.

velle, und den *Zweikampf*, eine vertrackte Kriminalgeschichte aus dem Mittelalter, die den Band beschließt. Möglicherweise handelt es sich um den letzten von Kleist verfassten Text.

Um Reimer bei der Stange zu halten, kündigte Kleist ihm Ende Juli einen zweibändigen Roman an, erhalten ist nichts. Kurz zuvor hatte er Reimer den *Prinzen Friedrich von Homburg* zum Druck angeboten, dazu kam es aber erst in den *Hinterlassenen Schriften*, die Ludwig Tieck 1821 veröffentlichte.

»[...] der bekannte Kleist und ich befinden uns hier bei *Stimmings* auf dem Weg nach Potsdamm, in einem sehr unbeholfenen Zustande, indem wir *erschossen* da liegen, und nun der Güte eines wohlwollenden Freundes entgegen sehn, um unsre gebrechliche Hülle, der sichern Burg der Erde zu übergeben.« (Henriette Vogel an Ernst Friedrich Peguilhen, Potsdam, 21. November 1811; DKV IV, S. 513)

Der zunehmend resignative Ton in Kleists Briefen veranlasste Marie von Kleist Anfang September zu einer Hilfsaktion. Sie schrieb an Prinzessin Marianne von Preußen, der nach dem Tod Luises protokollarisch höchsten Dame des Staates, bat flehentlich um eine Pension für Kleist und übersandte ein handschriftliches Widmungsexemplar des *Homburg* (LS, Nr. 506). Ob die Prinzessin sich mit der dramatischen Charakterisierung eines ihrer Vorfahren als »sinnverwirrten Träumer« (V. 112) beschäftigt hat, ist nicht bekannt.

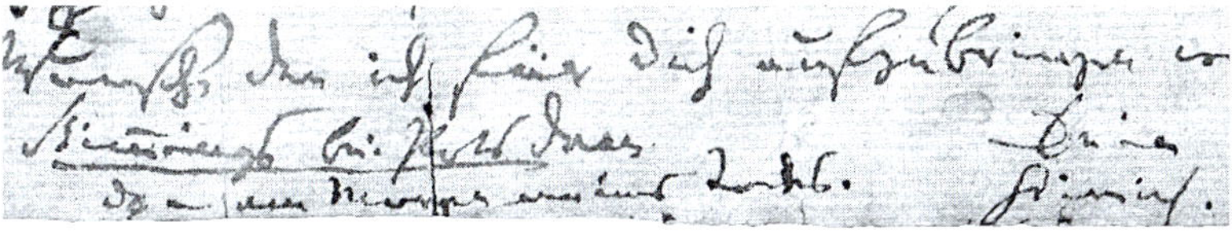

»Stimmings bei Potsdam d. – am Morgen meines Todes. Dein Heinrich.«, Auszug aus Kleists Abschiedsbrief an Ulrike, 21. November 1811

Wenig später fügte sich Kleist wie seine letzte dramatische Titelgestalt dem »heilige[n] Gesetz des Krieges« (V. 1750) und bat am 7. September 1811 um die Wiedereinstellung in jene Armee, die er im Frühjahr 1799 verlassen hatte. Den Antrag bekräftigte Marie durch ein Begleitschreiben und zwei von Kleists Kriegsgedichten. Am 11. September erhielt Kleist per Kabinettsorder einen positiven Bescheid für den Kriegsfall, der nach Einschätzung vieler unmittelbar bevorstand.
Ähnlich wie in St. Omer im Oktober 1803 setzte Kleist auf den Krieg als letzten Ausweg aus der persönlichen Misere. Er kam noch einmal in Kontakt mit hochrangigen Militärs wie dem Oberst Neidhardt von Gneisenau. Aber bereits Ende September forderte Napoleon ein Ende der Aufrüstung und der Annäherung an Russland und zwang den preußischen König in eine neue Allianz. Diese war – so Kleist lapidar in einem der drei nur in Abschrift erhaltenen Abschiedsbriefe an Marie

von Kleist – »auch nicht eben gemacht mich im Leben festzuhalten« (DKV IV, S. 509).

Neben dem höheren politischen Frieden begründete Kleist in demselben Brief den Todeswunsch auch mit einem familiären Streit. Nachdem sich die Hoffnungen auf eine Wiedereinstellung im Militärdienst zerschlagen hatten, war Kleist Ende Oktober noch einmal überraschend in Frankfurt an der Oder aufgetaucht. Beim Mittagessen geriet er mit den Schwestern, darunter Ulrike, wegen seiner desolaten Lage heftig aneinander und musste sich »als ein ganz nichtsnütziges Glied der menschlichen Gesellschafft, das keiner Theilnahme mehr werth sey«, bezeichnen lassen. Versöhnlich gab er sich erst im Abschiedsbrief an Ulrike (DKV IV, S. 513). Anlässlich der Regelung seiner Angelegenheiten konnte er so in einer seiner letzten Zeilen noch verfügen, dass die Beerdigungskosten »von Frankfurt aus, von meiner Schwester Ulrike wieder erstattet werden« (DKV IV, S. 516).

Kleist hatte Henriette Vogel über Adam Müller kennengelernt. Im Verlauf des Herbsts 1811 müssen sich die etwas jüngere, unheilbar krebskranke Frau eines höheren Beamten in Berlin und der lebensmüde Dichter nähergekommen sein und irgendwann den gemeinsamen Suizid beschlossen haben. Am 20. November trafen sie im Gasthof »Neuer Krug« nahe dem Kleinen Wannsee ein. Aufsehen erregte der Freitod am Nachmittag des folgenden Tages vor allem durch seine bewusste Inszenierung als eine Abschiedsfeier, dokumentiert durch die gegenseitig füreinander verfasste sogenannte Todeslitanei (DKV IV, S. 519 f.) und die späteren Aussagen der Anwesenden über die augenscheinliche Verliebtheit des Paares.

Das Grab Kleists am Wannsee, Holzstich von 1882

Mit einer der drei mitgebrachten Pistolen erschoss Kleist Henriette Vogel durch einen aufgesetzten Schuss in die linke Brust, mit einer anderen sich selbst mittels Mundschuss. Eine Bedienstete des Gasthofes gab zu Protokoll, dass sie die beiden Fremden auf einem Hügel in einer kleinen Grube vorfand, »gegeneinander über sitzend, die Dame aber rückwärts über gefallen, und mit *über den Leib gefalteten Händen*. Die Mannsperson saß in einer fast knieenden Stellung vor ihr, und hatte den Kopf zur lincken Seite auf eine Pistole gestützt, deren Mündung gegen den Mund stand, und welche er in den Händen hielt.« Der einen Tag später erfolgten Obduktion zufolge starb der »Denatus von Kleist größthenteils durch Erstickung des Schießpulvers sehr schnell«. Aufgrund des Leber-, Gallen- und Hirnbefunds meinte man überdies festhalten zu können, »daß Denatus dem Temperamente nach ein *Sanguino cholericus* in *Summo gradu* gewesen, und gewiß harte hypochondrische Anfälle oft habe dulden müssen« (Minde-Pouet 1925, S. 32, 49).

Freitod mit Henriette Vogel

»Gestern erhielt ich von Savigny die Nachricht, daß Heinrich von Kleist sich vor 14 Tagen nebst der Frau Rendant Vogel [...] auf einem Dorfe zwischen Berlin und Potsdam nach eingenommenem Frühstück scheinbar mit gegenseitigem Verständnis erschossen. Diese Nachricht hat mich wenigstens wie ein Pistolenknall erschreckt. Der arme gute Kerl, seine poetische Decke war ihm zu kurz, und er hat sein Leben lang ernsthafter, als vielleicht irgend ein neuer Dichter, daran gereckt und gespannt. Er ist allein so weit gekommen, weil er keine recht herrlichen Menschen gekannt und geliebt, und grenzenlos eitel war.« (Der Dichter Clemens Brentano an seinen Freund Achim von Arnim, Prag, 10./11. Dezember 1811; NR, Nr. 98)

Kleist und Henriette Vogel erhielten eine kirchliche Beerdigung und wurden an Ort und Stelle beigesetzt. Später ist nur noch von der Grabstätte Kleists die Rede. Mal verwahrlost, mal geschmückt, mal Pilgerstätte, mal vergessener Ort, ist dieses Grab mit seiner wechselvollen Geschichte bis heute ein Symbol des schwierigen Gedenkens an einen der außergewöhnlichsten Dichter der deutschen Sprache.

Werk

Zwischen den Epochen

Kleists Werk umfasst acht Dramen, acht Erzählungen, eine Reihe Essays, politische und publizistische Schriften sowie Anekdoten und Gedichte. Zum Kern des Werkes zählen die Dramen und Erzählungen und die kulturanthropologischen Essays. Der Lyrik wird allgemein wenig Bedeutung zugemessen.

Umstritten ist der werkinterne Status der Briefe Kleists. Zwar haben viele seiner Briefe als »Ideenmagazin« oder auch aufgrund komplexer Übergänge zwischen biographischem und entworfenem Ich Werkcharakter. Als die wichtigsten Lebenszeugnisse sind sie aber auch an die Biographie rückgebunden. Überdies ist das Briefkorpus in vielem ein Torso: Den bislang bekannt gewordenen 234 Briefen von Kleist, von denen mehr als die Hälfte aus der vordichterischen Zeit vor 1802 stammen, stehen nur knapp zwei Dutzend überlieferte Briefe an Kleist gegenüber.

Das direkt nach Kleists Tod von Clemens Brentano kolportierte Bild vom genialen, aber ruhmlos gebliebenen Bühnendichter, der sich am Ende seines Lebens aus finanziellen Gründen in die Prosaschreiberei gezwungen sah (NR, Nr. 72a), hatte im 19. Jahrhundert Bestand, gilt heute aber als überholt. Qualitativ stehen die abgründigen Erzählungen den schon in seiner Zeit teilweise als avantgardistische Zumutungen aufgenommenen Dramen in nichts nach.

Literaturhistorische Einordnung

Die herkömmliche Literaturgeschichtsschreibung hat sich mit der Einordnung des Werkes in die gewünschte Abfolge von Epochen immer schwer getan. Wie Jean Paul und Hölderlin gehört Kleist zu den Ausnahmeerscheinungen der Literatur um 1800. Sein Werk steht quer zu den Epochenkonstruktionen, weil sich in ihm Motive und »poetologische Reflexionen des Sturm und Drang, die ästhetischen Konzepte der Weimarer Klassik und der Frühromantik sowie die philosophischen Entwürfe des deutschen Idealismus [...] brennpunktartig verdichtet« vorfinden (Georg Mein, KH, S. 246). Kennzeichnend für die Texte ist eine Vielzahl sich überlagernder und durchkreuzender Diskursschichten. Sie erfordern perspektivische Zugriffe und erzeugen als besondere literarische Gebilde zwangsläufig jene blinden Flecken, die nach wie vor das Irritationspotential in Kleists Werk ausmachen.

Dramen

Die Familie Schroffenstein

D: anonym; vollständiger Titel: *Die Familie Schroffenstein. Ein Trauerspiel in fünf Aufzügen.* Bern, Zürich: Heinrich Gessner, 1803 [erschienen Ende 1802]; EA: 9.1.1804, Grazer Nationaltheater.

Das Drama gehört neben dem *Zerbrochnen Krug* und dem *Käthchen von Heilbronn* zu den drei zu Kleists Lebzeiten uraufgeführten Stücken; er selbst hat aber allem Anschein nach von der Aufführung seines Erstlingswerks in der Schweiz nie erfahren. Unter dem Titel *Die Familie Ghonorez* ist eine handschriftliche Fassung des Stücks erhalten geblieben, in der die Handlung noch in Spanien angesiedelt war. Kleist hat diesen Entwurf gestrafft und das Geschehen ins schwäbische Mittelalter verlegt. Wie später beim *Käthchen* handelt es sich zumindest stofflich um eine Konzession an den breiten Publikumsgeschmack und die seinerzeit beliebten »*Rittergeschichten*« (DKV IV, S. 121).

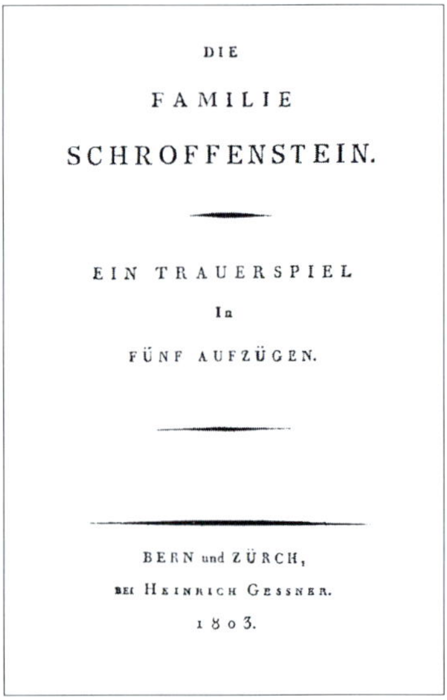
DIE

FAMILIE

SCHROFFENSTEIN.

EIN TRAUERSPIEL

In

FÜNF AUFZÜGEN.

BERN und ZÜRCH,

BEI HEINRICH GESSNER.

1803.

Die Familie Schroffenstein. Titelblatt des Erstdrucks

Anders als der Lacherfolg bei der ersten Lesung des »Trauerspiels« im Kreis der Schweizer Freunde sowie die abwertende Bemerkung Kleists gegenüber der Schwester Ulrike es vermuten lassen, ist das Stück von der Kritik durchaus wohlwollend zur Kenntnis genommen worden. Kleist hat sich dann auch bald als Verfasser bekannt (s. Kommentar, DKV I, S. 543).

Abkehr von der Schicksalstragödie

Das erste Stück ist ein subtiles Spiel mit Gattungskonventionen der Tragödie und geht auf Distanz zu deren Wirkungsintentionen. Kern der dramatischen Handlung ist die unversöhnliche Feindschaft zwischen den beiden Stämmen der

Familie Schroffenstein, dem Haus Rossitz und dem Haus Warwand. Der heillose Streit geht zurück auf einen »seit alten Zeiten« gültigen »Erbvertrag, / Kraft dessen nach dem gänzlichen Aussterben / Des einen Stamms, der gänzliche Besitztum / Desselben an den anderen fallen sollte« (V. 177 ff.). Dieser Vertrag gehört wie »der Apfel [...] zum Sündenfall«.

Ein wichtiges Motiv: Der Sündenfall

Mit dem zentralen Bild des Sündenfalls bringt Kleist Rousseaus wirkmächtige Gesellschaftskritik ins Spiel. Als Sündenfall schlechthin gelten Rechtsverhältnisse wie der Erbvertrag, der den Verlust natürlicher, urfamiliärer Beziehungen nach sich zieht. In der Folge werden die auseinandergerissenen Teile des Familienverbandes vom »Gespenst des Mißtrauns« (V. 1340) beherrscht, das die Handlung entscheidend vorantreibt.

Rupert Rossitz beschuldigt Sylvester Warwand des Mordes an seinem Sohn Peter, im Hause Warwand glaubt man dagegen, dass die Rossitzer seinerzeit den jungen Philipp vergiftet haben. Johann, der uneheliche Sohn Ruperts, wird irrtümlich des Mordanschlags auf Agnes aus Warwand bezichtigt. Dort lyncht das Volk ohne Sylvesters Wissen einen Boten aus Rossitz. Der um Vermittlung bemühte Jeronimus, ein Vetter der beiden verfeindeten Familienoberhäupter, wird daraufhin im Auftrag Ruperts erschlagen.

Gewalt und Sprache

Die aus Gerüchten hervorgehenden gegenseitigen Verdächtigungen münden in einen Kreislauf von Gewalt, obwohl die Figuren sich teilweise ihrer Problemlage bewusst werden: »Denn es liegt Alles / Auf beiden Seiten gleich, bis selbst auf die / Umstände noch der Tat.« (V. 1944 ff.) Weiter gehende Einsichten in die eigene Befangenheit scheitern an der Unmöglichkeit sprachlicher Verständigung, die Kleist bereits in seinem ersten Stück virtuos in Szene setzt. Die Instrumentalisierung von Sprache als Ausdruck der Feindschaft ist zunächst noch an einen »Namen« oder ein »Wort« geknüpft. Im weiteren Verlauf der Handlung weitet sich die Sprache des Verdachts jedoch zu einer umfassenden Identitäts- und Sprachkrise aus. Zunehmend verlieren die von Misstrauen geplagten Figuren nicht nur das Vertrauen in die Rede des Gegenübers, sondern auch in die eigene Verständigungsfähigkeit. Selbst innerhalb der jeweiligen Familien zweifeln sie mehr und mehr an der Möglichkeit, der Wahrheit mit sprachlichen Mitteln beizukommen. Auch die Berufung auf ein »Gefühl des Rechts« oder auf das »innerste[.] Gefühl« (V. 141; V. 1618) kehrt die Aporien der Kommunikation nur umso deutlicher hervor.

In den retardierenden Momenten des Dramas (II/1, III/1 und V/1) findet die an Shakespeares *Romeo und Julia* angelehnte Liebesbegegnung der beiden Kinder Ottokar aus Rossitz und Agnes aus Warwand statt. Sie ist als Gegenentwurf gelingenden Verstehens angelegt, steht aber – wie alle idyllisch-paradiesischen Vereinigungsszenarien bei Kleist – unter dem Vorbehalt äußerer Bedrohung (vgl. Harms 1984). Höhepunkt des bezeichnenderweise in einer Höhle stattfindenden Liebesfestes ist ein Kleidertausch (V. 2476 ff.), der nach Ottokars Plan Agnes vor den heranrückenden Vätern in Sicherheit bringen soll.

> »Wenn's möglich wäre, wenn die Väter sich
> So gern, so leicht, wie wir, verstehen wollten!
> Ja könnte man sie nur zusammen führen!
> Denn einzeln denkt nur jeder seinen einen
> Gedanken, käm' der andere hinzu,
> Gleich gäb's den dritten, der uns fehlt.
> Und schuldlos, wie sie sind, müßt' ohne Rede
> Sogleich ein Aug' das andere verstehn.«
> (Ottokar, *Die Familie Schroffenstein*, V. 1421 ff.)

Die hier vorgesehene völlige Entkleidung Agnes' als Abstreifen der korrumpierten zivilisatorischen »fremde[n] Hülle« (V. 2485) stellte die Aufführungspraxis der Zeit vor erhebliche Probleme. Angeblich soll Kleist aus dieser Idee – womöglich Vgl. S. 26 auch eine Reminiszenz an die in Männerkleidern reisende Schwester Ulrike – das ganze Stück entwickelt haben.

Der Kleider- und Rollentausch führt dazu, dass die Väter Rupert und Sylvester ihre eigenen Kinder ermorden. Kurz darauf wird durch den Auftritt einer Totengräberwitwe der am Beginn des Dramas stehende vermeintliche Mord als Unfall aufgeklärt. In dem sarkastischen Kommentar dieser Nebenfigur: »Wenn Ihr euch totschlagt, ist es ein Versehen« (V. 2705) klingt eine für Kleists literarische Modelle wichtige Einsicht an: Erkenntnis und Wahrheit sind nicht nur theoretisch-phi-

Erkenntnisproblematik

losophisch problematisch geworden, sie sind es auch durch eine verzerrte Wirklichkeitswahrnehmung. Vorurteile und die daraus entstehenden Affekte lassen sich nicht, wie Kant noch meinte, durch den Verstandesgebrauch rückgängig machen. Sie sind vielmehr in der Sprache verkapselt, die deshalb nicht zur Orientierung taugt, sondern zur Undurchschaubarkeit der Wirklichkeit beiträgt und zu Katastrophen führt.

Das Stück endet als Umschlag des Tragischen ins Groteske. Eine kathartische Wirkung bleibt aus (Alt 2005, S. 80 f.). Die Versöhnung der Väter über den Leichnamen ihrer Kinder lenkt die Aufmerksamkeit nur umso mehr auf den selbst verschuldeten Untergang des Familiengeschlechts. Gerade die letzte Szene mit den abschließenden Bemerkungen des unehelichen Johann aus Rossitz: »Das ist ein Spaß zum Totlachen« und »Ich bin zufrieden mit dem Kunststück« (V. 2717 f; 2725) liefert deutliche Belege für eine Lesart des »Trauerspiels« als »frühe Form einer Genre-Dekonstruktion« (Louis Gerrekens, KH, S. 33).

Werkgeschichtlich gesehen, erprobt Kleist bereits in der *Familie Schroffenstein* eine Vielzahl an Motiven und Themen, die dann in den folgenden Dramen und Erzählungen aufgegriffen und variiert werden: Familiendesaster, Rechtsbeziehungen, Sprachskepsis, Idylle und Gewalt, Geschlechteridentität, Versehen, Erkennen, Vertrauen und Misstrauen. Schließlich ist der Sündenfall als Bild für den Verlust einer ursprünglichen Einheit nur das markanteste Beispiel für die vielen Bezugnahmen auf die Bibel, die als kulturkonstitutives Metanarrativ in nahezu allen Texten präsent ist.

Der zerbrochne Krug

D: Fragmente im *Phöbus*, 3. Stück, März 1808 (entsprechend den Auftritten 1, 6 und 7); Buchfassung: *Der zerbrochne Krug. Ein Lustspiel von Heinrich von Kleist*. Berlin: Realschulbuchhandlung [G. A. Reimer] 1811. EA: 2. 3. 1808, Weimarer Hoftheater, Regie: Johann Wolfgang Goethe.

In einer zu Lebzeiten nicht gedruckten *Vorrede* (DKV I, S. 259) hat Kleist die beiden wichtigsten Vorlagen zu seiner ersten Komödie, ein Bild und eine mythische Erzählung, genannt.

Da ist zum einen ein Kupferstich unter dem Titel *Le juge, ou la cruche cassé* nach einem Gemälde von Louis Philibert Debucourt von 1781. Auf dem Genre-Bild, das eine dörfliche Gerichtsverhandlung wiedergibt, sind bereits zentrale Dramenfiguren identifizierbar. Kleist hatte es irrtümlich einem nieder-

Vgl. S. 29

Le juge, ou la cruche cassé. Kupferstich von Jean Jacques André Le Veau nach dem Gemälde von Louis Philibert Debucourt, um 1800

ländischen Meister zugeschrieben und vermutlich deshalb die Handlung in die Niederlande des späten 17. Jahrhunderts verlegt. In seiner Bildbeschreibung bringt er zudem die Figur des Dorfrichters mit dem Mythos von Ödipus in Verbindung. Der Stoff von Sophokles' Tragödie (vor 425 v. Chr.) wird bei Kleist zum Gegenstand eines modernen »Lustspiels«.

In der Buchfassung besteht *Der zerbrochne Krug* aus 13 fortlaufenden Auftritten. Für die viel gescholtene Uraufführung in Weimar hatte Goethe das Stück in drei Akte unterteilt.

Vgl. S. 44 f.

Auf dem Gerichtstag in Huisum verklagt Frau Marthe Ruprecht, den Bräutigam ihrer Tochter Eve, auf Sachbeschädigung. Es geht ihr dabei aber auch um die jungfräuliche Ehre ihrer Tochter. Marthes Version zufolge soll Ruprecht in der Nacht in Eves Zimmer eingedrungen und bei der Flucht vor der Mutter einen wertvollen Krug zerstört haben. Klägerin und Beklagter begreifen als Letzte, wer als Täter in Frage kommt. Mit Eves offiziellem Geständnis: »Der Richter Adam hat den Krug zerbrochen!« (V. 1893) geht die Verhandlung im Tumult und mit der Flucht des Richters zu Ende. Alle anderen Prozessbeteiligten wissen entweder von Beginn an um den wahren Sachverhalt, wie Adam und Eve, oder sie geben im Verlauf des Verfahrens mehr oder weniger offen zu erkennen, dass sie Adam für tatverdächtig halten, wie der auf seine Karriere bedachte Schreiber Licht und der zur Begutachtung der »Rechtspfleg' auf dem platten Land« (V. 298) aus der Stadt angereiste Gerichtsrat Walter. Im 12. Auftritt, der in zwei unterschiedlich langen Versionen überliefert ist, berichtet Eve dem Gerichtsrat dann detailliert über Adams Missbrauch seiner Autorität und seinen Versuch der sexuellen Erpressung mittels gefälschter Informationen über Eves zum Militärdienst eingezogenen Bräutigam Ruprecht.

Der *Krug* stimmt mit dem Geschehen in Sophokles' *Ödipus* darin überein, dass eine Figur über sich selbst richtet. Wie Ödipus ist Adam Anklagender und Angeklagter in einer Person. Durch die juridische Form des Verhörs tritt die von Kleist in den Dramen wie in den Erzählungen bevorzugte analytische Struktur besonders deutlich zutage: Ein den Figuren und oftmals auch dem Zuschauer zunächst rätselhafter Vorfall wird im Verlauf des Geschehens aufgeklärt und enthüllt unerwartete Verwicklungen.

Der »Klumpfuß« (V. 25), den Adam sich beim nächtlichen Fenstersturz zugezogen hat, verweist einerseits direkt auf den namensgebenden Schwellfuß des »Oidi-pous« und damit auch auf die »philosophische Dimension« (Helmut J. Schneider, KH, S. 36), die dem Stück bei aller Nähe zur Provinzposse eigen ist. Andererseits bringen die Dramenfiguren, inklusive Adam selbst, den »Pferdefuß« (V. 1686) aber mit dem »Beelzebub« (V. 1752) in Verbindung und machen so auf einen wichtigen Unterschied zum antiken Stück aufmerksam: Der Teufel kann das für Ödipus gültige tragische Prinzip des unwissentlich Schuldigen nicht für sich in Anspruch nehmen.

Von einem »negativen Spiegelbild« (Schadewaldt 1967, S. 318) des antiken Ödipus lässt sich auch insofern sprechen, als Adam keinerlei Interesse an der Aufklärung des Geschehens hat. Der Umschlag ins Komische geschieht im *Krug* vor allem dadurch, dass der durch seine Missetat bereits körperlich verunstaltete Richter alles zur Vermeidung der Wahrheitsfindung tut und sich dabei unfreiwillig selbst überführt.

»ADAM – Mir träumt', es hätt' ein Kläger mich ergriffen,
Und schleppte vor den Richtstuhl mich; und ich,
Ich säße gleichwohl auf dem Richtstuhl dort,
Und schält' und hunzt' und schlingelte mich herunter,
Und judiziert' den Hals ins Eisen mir.
LICHT Wie? Ihr euch selbst?
ADAM So wahr ich ehrlich bin.
Drauf wurden Beide wir zu Eins, und flohn,
Und mußten in Fichten übernachten.«
(*Der zerbrochne Krug*, V. 269 ff.)

Abgründiger Sprachwitz

Die für den Misserfolg der Weimarer Uraufführung mitverantwortlich gemachte Handlungsarmut des Stücks wird durch einen abgründigen Sprachwitz aufgewogen, der den *Krug* später zu Kleists erfolgreichstem Bühnenstück und den Dorfrichter Adam zu einer Paraderolle gemacht hat. Adams Fall trägt den »leid'gen Stein zum Anstoß in sich selbst« (V. 6), weil er von Beginn an über eine Sprachakrobatik stolpert, die gerade die Diskrepanz zwischen Wort und Wirklichkeit hervortreibt und ihn für alle erkennbar als Lügner dastehen lässt. Darin kommt eine selbstverschuldete Entfremdung sowie ein alltäglicher Sündenfall zum Ausdruck, der durch die Namen der beiden Hauptfiguren ja beständig präsent ist.

Adams ebenso derbe wie virtuose Sprache, die mehr ihn zu beherrschen scheint als er sie, wird allenfalls durch die Sprachkomik in Marthes beschwörender Rede auf den Krug im zentralen 7. Auftritt erreicht. Der zerstörte Krug ist ihr nicht nur ein Symbol für die verfolgte, womöglich bereits verlorene Unschuld Eves. In ihrer Krug-Erzählung, die der Gerichtsrat Walter als sachfremd abtut, pocht Marthe auf die Ungeschiedenheit zwischen dem materiellen und ideellen Wert des Gegenstandes. Der Krug war für sie im klassischen Sinne »schön« (V. 679) und Symbol einer mythisch-ganzheitlichen Qualität, die nun zerbrochen ist.

Trotz der eindeutigen Identifizierung eines Schuldigen endet der Prozess in Huisum unbefriedigend. Frau Marthe wird im letzten Auftritt mit ihrem die Justiz offensichtlich überfordernden Rechtsanspruch auf einen schönen Gegenstand von Walter an die nächsthöhere Instanz verwiesen. Wie der Name des Gerichtsrats schon zwischen göttlichem Walten und bloßem Verwalten changiert, bleibt seine Rolle undurchsichtig. Diese Ambivalenz macht einen wichtigen Unterschied zwischen dem 12. Auftritt in der Buchfassung des Stücks und dem diesem Erstdruck ungewöhnlicherweise beigefügten *Variant* aus. Bei diesem handelt es sich um die in der Uraufführung des Stücks gespielte, aber wegen ihrer epischen Breite kritisierte Fassung des 12. Auftritts. In der Buchfassung stellt Walter seinem flüchtigen Kollegen Adam noch die Rückkehr in ein Amt in Aussicht (vgl. V. 1965 f.) und gibt so erstmals direkt zu erkennen, dass ihm wenig an Gerechtigkeit, viel aber an der Aufrechterhaltung der Ordnung und am allgemeinen Ansehen eines im Kern zerrütteten Justizsystems liegt – ein in der Entstehungszeit des Stücks im Sommer 1806 kurz vor dem Zusammenbruch des preußischen Staats höchst aktuelles Thema. Im *Variant* erscheint Walter dagegen als höhere patriarchalische Autorität, die das erschütterte Vertrauen Eves und Ruprechts in Staat und Recht wiederherzustellen versucht. Von erheblicher Bedeutung ist hier das in Anlehnung an die Ringparabel in Lessings *Nathan* formulierte »Münzgleichnis« (Helmut J. Schneider, KH, S. 39).

Justizproblematik

Man darf den Misserfolg der Weimarer Uraufführung nicht allein der Regie Goethes zurechnen. Er hatte die Stärken des Stücks und das Talent des Autors durchaus anerkannt. In Publikumsurteilen wie »Schenkenscene« oder »an der Grenze der Decenz« (LS, Nr. 261) klingen aber noch die seit Gottscheds Regelpoetik gültigen Vorbehalte gegenüber der Komödie an. Mehrfach überschreitet der an seinem leiblichen Wohl interessierte und im Bereich der »niederen« Sinnlichkeit besonders agile Dorfrichter Adam ästhetische Normen, wie sie von Schiller ausformuliert worden sind. Zu den literaturhistorischen Verdiensten Kleists gehört daher die Rehabilitierung einer von Aufklärung und Klassik gleichermaßen vernachlässigten kulturellen Tradition situativer Komik und subversiven Lachens.

Amphitryon. Ein Lustspiel nach Molière

D: *Heinrich von Kleists Amphitryon, ein Lustspiel nach Moliere. Herausgegeben von Adam H. Müller. Dresden, in der Arnoldischen Buchhandlung* [1807]. EA: 8. 4. 1899, Neues Theater Berlin, Regie: Wolfgang Kirchbach.

Göttervater Zeus nutzt die Abwesenheit des Feldherrn Amphitryon und erscheint in dessen Gestalt dessen Frau Alkmene. Er verbringt mit ihr eine Liebesnacht, in der sie den Halbgott Herakles empfängt.

Der Amphitryon-Stoff gehört zwar nicht zu den zentralen griechischen Mythen, ist aber seit der (nicht überlieferten) Bearbeitung durch die drei großen antiken Dichter Aischylos, Sophokles und Euripides intensiv in Tragödien und Komödien aufgegriffen worden (vgl. Szondi 1973). Im näheren Umkreis Kleists hatte der ihm aus der Dresdner Zeit bekannte Johann Daniel Falk 1804 ein Lustspiel *Amphitruon* vorgelegt.

Auseinandersetzung mit Molières Komödie

Kleists Untertitel mit dem mehrdeutigen »nach Molière« kündigt einen Dichterwettstreit mit dessen 1668 erstmals aufgeführter berühmter Komödie an. Molière hatte die bekannte Handlung zwischen Jupiter und seinem Begleiter Merkur, Amphitryon und Alkmene sowie dem Diener Sosias und seiner Frau Charis neu strukturiert, auf drei Akte reduziert, die Geburt des Herakles ausgespart und das Geschehen auf die Verführung Alkmenes konzentriert.

Kleist hält sich zwar eng an die häufig als Gesellschaftskomödie verstandene Vorlage Molières, transformiert sie aber über das zentrale Doppelgängermotiv in eine Tragikomödie über die Identitäts- und Liebesproblematik.

Im Mittelpunkt des ersten Akts stehen die nächtliche Begegnung zwischen dem Diener Sosias und seinem Alter Ego Merkur sowie der Liebesdialog zwischen dem als Amphitryon erscheinenden Jupiter und Alkmene. Ähnlich wie Molière hat Kleist höhere und dienende Figuren kontrastiv gegenübergestellt. Letztere sind überwiegend die Träger komischer Handlungselemente, die Haupthandlung bleibt der Dreiecksbeziehung Jupiter–Alkmene–Amphitryon vorbehalten.

Sosias ist die komische »Identitätsfigur in diesem Drama der Identität« (Fetscher 1997, S. 182), er hat die meisten Auftritte und Sprechanteile im Stück. Molière hatte die Rolle selbst gespielt, und auch Kleist dürfte der seines Ichs beraubte Sosias mit seiner respektlosen Knecht-Perspektive nicht unsympathisch gewesen sein. Er wird von Amphitryon mit der Nachricht von der siegreichen Schlacht und seiner bevorstehenden Rückkehr in der Nacht zu Alkmene geschickt und muss sich dabei seinen Auftritt als Bote immer wieder selbst vorspielen. Damit hält er nicht nur die Theatralität der folgenden Ereignisse transparent, er zeigt sich auch für die Begegnung mit seinem Doppelgänger, dem Götterboten Merkur, bestens gewappnet. Weil er Ich und Rolle voneinander zu unterscheiden gelernt hat, kann er auf die Usurpation seines Namens durch Merkur (vgl. V. 198 f.) und auf den Verlust dieses vermeintlichen Garanten seiner Individualität flexibel reagieren. Überhaupt erweist sich der ängstliche und fatalistische Sosias als die Figur, die sich mit den unglaublichen Gegebenheiten noch am ehesten zu arrangieren weiß (Borelbach 1998, S. 209). Sein Sprachwitz (»Und kurz ich bin entsosiatisiert, / Wie man euch entamphitryonosiert«; V. 2158 f.) steht dem des Dorfrichters Adam im *Zerbrochnen Krug* in nichts nach.

Mit dem zweiten Akt rückt bei Kleist die von Molière vernachlässigte Figur der Alkmene in den Vordergrund. Sie repräsentiert das in der Frühromantik aus dem Zusammenfall von Leidenschaft und Ehe entwickelte moderne Liebesideal mitsamt dem Problem gefühlsverhafteter Vergewisserung des anderen.

Diese Auseinandersetzung mit der Liebe als Instanz der Selbstgewissheit durchzieht in mehreren Etappen das Stück und verschiebt den Schwerpunkt von der »äußeren Verwechslungskomödie« zur »innere[n] Verwechslungstragödie« (Szondi 1973, S. 174).

Zunächst noch arglos, macht Alkmene den aus dem Heerlager zurückgekehrten Gatten mit ihrer detaillierten Schilderung der gerade vergangenen Liebesnacht (in manchen Bühnenfassungen gestrichen: »Ich gab dir wirklich Alles, was ich hatte«; V. 812) zum gehörnten Ehemann. Dem eifersüchtigen Amphitryon zieht sie im Gespräch mit Charis die durch die Begegnung mit Jupiter erhaltene Idealvorstellung ihres Man-

nes als Geliebten vor: »Ich hätte für sein Bild ihn halten können, / Für sein Gemälde, sieh, von Künstlerhand, / Dem Leben treu, in's Göttliche verzeichnet.« (V. 1189 ff.)
Obwohl sie durch die Verwirrungen um das Diadem des Labdakus, auf dem die Initialen von A zu J vertauscht wurden (vgl. V. 889 ff.; 1109 ff.), ahnt, Opfer eines Betruges geworden zu sein, zieht sie nicht dieses Idealbild ihres Mannes in Zweifel, sondern misstraut eher sich selbst und ihrem »innerste[n] Gefühl« (V. 1155).

»JUPITER [...] Wenn ich, der Gott, dich hier umschlungen hielte,
Und jetzo dein Amphitryon sich zeigte,
Wie würd' dein Herz sich wohl erklären?
ALKMENE Wenn du, der Gott, mich hier umschlungen hieltest
Und jetzo sich Amphitryon mir zeigte,
Ja – dann, so traurig würd' ich sein, und wünschen,
Daß er der Gott mir wäre, und daß du
Amphitryon mir bliebst, wie du es bist.«
(*Amphitryon*, V. 1561 ff.)

Durch diese bedingungslose Hingabe an ihre eigene Vorstellung wird sie zur starken Figur in der von Kleist gegenüber Molières Vorlage völlig neu entworfenen, zentralen Szene II/5. In einem zunehmend verhörähnlichen Dialog versucht Jupiter in Menschengestalt, seine Bedeutung an dem von Alkmene »in's Göttliche verzeichneten« Amphitryon zu ermitteln. Tragisch erscheint er dadurch, dass er ihre Anbetung des Geliebten anstelle des Gottes (»Soll ich zur weißen Wand des Marmors beten? / Ich brauche Züge nun, um ihn zu denken.« V. 1456 f.) als Götzendienst verurteilen muss. Sein Buhlen um Liebesgunst verkehrt sich in die »fast verzweifelte Angewiesenheit des verunsicherten Gottes auf liebende Anerkennung« (Kommentar, DKV I, S. 914). Komik entsteht durch die Diskrepanz zwischen seiner anfänglichen erhabenen Souveränität und seiner Entlarvung als betrogener Betrüger.

Gefühl und Identität

Im zweiten Akt trifft Alkmene eine Entscheidung, in der Fehlbarkeit und Unfehlbarkeit des Gefühls unauflöslich ineinander verschränkt erscheinen. In aller Öffentlichkeit vor dem Volk von Theben und in Anwesenheit beider »Amphitryonen« wird sie vor die Wahl gestellt und entscheidet sich wieder für das von ihr hervorgebrachte Idealbild. Der wirkliche Amphitryon vermag sich schließlich erst durch einen Akt vorbehaltlosen Vertrauens zu behaupten. Unter freiwilliger Preisgabe seiner Identität schenkt er Alkmenes Worten Glauben und realisiert damit zumindest für einen Moment die von ihr ersehnte romantische Vorstellung von Liebe als Einheit mit sich selbst im anderen (vgl. V. 2281 ff.).

Im theatralischen Finale beendet Jupiter das Doppelgängerspiel, gibt sich als Gott, damit aber auch als Spielfigur zu erkennen und verkündet die Geburt des Herakles (vgl. V. 2335 f.). Jupiters biblischer Duktus bekräftigt noch die Künstlichkeit dieser Szenerie. In Anbetracht der vorangegangenen Entmächtigung Jupiters wirkt die Wiederherstellung der Rangordnung zwischen Menschen und Göttern unglaubwürdig. Die Prophezeiung der Geburt des Halbgottes Herakles weist eher auf den Prozess menschlicher Selbstermächtigung hin.

Als Komödie läuft *Amphitryon* vor allem auf eine Infragestellung der in Liebe und Ehe produzierten Männlichkeits- wie Weiblichkeitsbilder hinaus. Gleichzeitig bringt das Stück aber auch Einsichten des spekulativen Idealismus über die Paradoxien des Identitätsdenkens zur Anschauung, die im philosophisch-begrifflichen Diskurs kaum zu vermitteln sind (vgl. Jauß 1981, S. 131).

Zurück bleibt ein Ehepaar, das nicht nur mit der existentiellen

»In dem großen Gespräch des 2. Aktes [...] entscheidet sich Alkmene gegen den Gott, der ihr erschienen ist, und für den Amphitryon, der sie in den Armen hält – und der es nicht ist. Sie entscheidet sich für ihn nicht nur gegen Jupiter, sondern auch gegen den ihr in Erinnerung gebrachten Amphitryon: gegen beide, die nur in ihrer Vorstellung existieren, und für den, der ihr gegenwärtig ist. Diesen Jupiter-Amphitryon, der nicht Gott ist, sondern der göttliche Mensch, der Mensch in der Göttlichkeit seines Gefühls, bezeichnet sie dann im dritten Akt vor dem Volk Thebens als den wirklichen Amphitryon und den wirklichen als den Betrüger.« (Peter Szondi führt durch das Verwechslungslabyrinth in *Amphitryon*; Szondi 1973, S. 175 f.)

Identitätsverunsicherung, sondern auch mit der Ungewissheit über den Erzeuger des Kindes zurechtkommen muss. Die Frage nach ihm bleibt in Kleists *Amphitryon* offen. Alkmenes finales, vieldeutiges und viel gedeutetes »Ach« korrespondiert mit dem ominösen Gedankenstrich in der *Marquise von O....*: Beide Textstellen gehören zu den bekanntesten Ausdrucksformen einer »Semantik des Schweigens« in Kleists Werk (Heimböckel 2003, S. 283).

»Ach«

Schon bei der Publikation des *Amphitryon* wurde diesen philosophischen Aspekten besondere Bedeutung zugemessen. Adam Müller, der anstelle des in französischer Kriegsgefangenschaft festgesetzten Kleist den Erstdruck besorgt hatte, spitzte seine Vorrede nicht zuletzt aus tagespolitischem Anlass auf die nationale Adaption des mythischen Stoffes zu: Gegen die oberflächliche »Frivolität des Molièreschen Amphitryon« (DKV I, S. 380) wurde eine tiefe philosophische Behandlung des Stoffes durch den Deutschen in Stellung gebracht. Solange sich im *Amphitryon* der Nationalstolz gespiegelt sah, galt eine Aufführung des Stücks mit seinen vermeintlich geistlosen Anleihen bei Molières Komödie als schwierig. Von den sieben abgeschlossenen Dramen Kleists wurde es als letztes uraufgeführt.

Penthesilea

D: *Organisches Fragment aus dem Trauerspiel: Penthesilea* in der Zeitschrift *Phöbus*, 1. Stück, Januar 1808 (8 von 24 Auftritten); als Buchfassung: *Penthesilea. Ein Trauerspiel von Heinrich von Kleist. Tübingen, im Verlag der Cottaischen Buchhandlung und gedruckt in Dresden bei Gärtner* [1808]. EA: als szenische Pantomime durch Henriette Hendel-Schütz am 23.4.1811, Königliches Schauspielhaus Berlin; als Drama: 25.4.1876, Königliches Schauspielhaus Berlin, bearb. von Salomon Mosenthal.

Auf dem »Schlachtfeld bei Troja« entsteht eine neue Situation durch das Erscheinen eines Heeres der Amazonen, das weder für die Griechen noch für die von ihnen belagerten Trojaner Partei zu ergreifen scheint. Die Kampfkraft der »Furien« versetzt die griechischen Anführer, aus deren Perspektive in den ersten vier Auftritten über die Ereignisse berichtet wird, in

Erstaunen. Während sie noch über die Motive des Überfalls rätseln, durch den eine große Anzahl von Griechen bereits in Gefangenschaft geraten ist, tobt eine Verfolgungsjagd zwischen der Amazonenkönigin Penthesilea und Achill.

In seiner ersten Szene (4. Auftritt) zeigt sich der verwundete griechische Held fasziniert von der Erscheinung der Fremden, verweigert sich der Strategie des Odysseus und zieht erneut in den Kampf gegen sie. Spiegelbildlich verwirft im 5. Auftritt Penthesilea im Lager der Amazonen den Rat ihrer Vertrauten Prothoe zum Rückzug; sie will Achill »überwinden, oder leben nicht« (V. 655).

In einem weiteren Aufeinandertreffen zwischen Achill und Penthesilea, das diesmal aus der Perspektive der Amazonen deutlich als »Liebeskampf« geschildert wird, unterliegt sie ihm (7.-13. Auftritt). Auf Bitten Prothoes gibt er sich aber gegenüber der aus der Ohnmacht erwachenden Penthesilea als ihr Gefangener aus. In der darauf folgenden Scheinidylle (15. Auftritt) gewinnt der neugierige wie zugewandte Achill das Vertrauen der sich überlegen wähnenden Penthesilea, die ihm über die Herkunft der Amazonen, ihre Riten und schließlich über seine Erwählung berichtet (V. 1877-2220).

Penthesilea schildert die Gründung des Frauenstaates als Folge des Überfalls kriegerischer Äthiopier auf die in Freiheit lebenden Skythen, wobei alle Männer getötet wurden. Die verschleppten Frauen brachten ihre Peiniger um und beschlossen, sich fortan »dem Geschlecht der Männer nicht mehr dienstbar« zu machen. Um sich gegen die physisch stärkeren männlichen Nachbarvölker zu behaupten, zwangen sie sich zur Selbstverstümmelung. Das Herausreißen der ihnen beim Bogenspannen hinderlichen rechten Brust gehört zum namensgebenden Gründungsakt der »Amazonen oder Busenlosen«. Dem Fortbestand ihres Staatswesens dienen Raubzüge wie der vor Troja, bei denen junge Männer für den Paarungskult des »Rosenfestes« gefangen genommen werden. Eine Konfrontation mit dem »Gesetz« der Amazonen zeichnet sich für Penthesilea dadurch ab, dass ihr trotz des Verbots individueller Partnerwahl von ihrer sterbenden Mutter Achill als Bräutigam vorhergesagt worden war.

Die Liebesillusion endet, als Penthesilea ihre wahre Lage erkennt. Zwar können die Amazonen sie vor Achills beabsichtigter Verschleppung gerade noch retten, sie bleibt aber innerlich zerrissen zwischen ihrer Leidenschaft und den Ansprüchen ihres Volkes (16.-19. Auftritt). Achills erneute Aufforderung zum Zweikampf führt in die Katastrophe des Missverstehens: Während Achill sich mit der Aussicht auf ein sexuelles Abenteuer nur zum Schein dem Amazonengesetz unterwerfen will, vermutet Penthesilea Liebesverrat und gerät in einen Zustand der Raserei (20./21. Auftritt).

»Küsst' ich ihn tot?
[...]
Nicht? Küsst' ich nicht? Zerrissen wirklich? sprecht?
[...]
– So war es ein Versehen. Küsse, Bisse,
Das reimt sich, und wer recht von Herzen liebt,
Kann schon das Eine für das Andre greifen.«
(Penthesilea, nachdem sie Achill mit ihren Hunden zerfleischt hat, V. 2977 ff.)

In den folgenden Szenen (22./23. Auftritt) findet das für das gesamte Drama charakteristische Verfahren der Teichoskopie und des Botenberichts seinen Höhepunkt. Aus der Sicht der Amazonenfürstinnen wird geschildert, wie Penthesilea »mit schaumbedeckter Lipp« (V. 2568) Achill hetzt, durch einen Bogenschuss in den Hals tötet und sich anschließend zusammen mit ihren Kampfhunden über seinen Körper hermacht und ihn zerfleischt (V. 2666 ff.).

Der Tod der Amazonenkönigin Penthesilea auf einer griechischen Schale um 460 v. Chr.

Im letzten Auftritt kehrt sie mitsamt dem zerrissenen Leichnam zu den entsetzten Amazonen zurück und findet nur mühsam ihre Sprache wieder. Einer möglichen Stigmatisierung durch die Gefährtinnen – aber auch durch den Zuschauer – entzieht sie sich mit den Worten: »Ich war nicht so verrückt, als es wohl schien.« (V. 2999) Penthesilea sagt sich »vom Gesetz der Fraun« los, entledigt sich des Bogens als Insignie der Amazonen und begeht, indem sie in ihrer Brust ein »vernichtendes Gefühl« hervorruft, Selbstmord.

Im formalen Aufbau folgt das Drama den 24 Gesängen der *Ilias*. Der Mythos um die letzte Amazonenkönigin ist aber erst durch spätere Bearbeitungen der Kernhandlung des antiken Epos hinzugefügt worden. Kleists Kenntnis des Stoffes geht zurück auf ein Nachschlagewerk, das u. a. auch von Schiller und Goethe genutzt wurde: Benjamin Hederichs *Gründliches mythologisches Lexicon,* dem zufolge die Amazonen auf Seiten der Trojaner in den Kampf eingreifen. Gegenüber den traditionellen, den Heldensieg betonenden Überlieferungen, wonach Achill Penthesilea im Kampf tötet, sich danach in ihr Antlitz verliebt und ihr ein ehrenvolles Begräbnis gewährt, erwähnt Hederich, wenn auch nur am Rande, die Variante der Tötung Achills durch Penthesilea.

Geschlechterkampf

Mit der Neuentdeckung dieser alternativen Lesart rührt Kleist an den verstörenden Kern des Amazonen-Mythos, der eine Verweigerung von Weiblichkeit und eine Erschütterung der Ordnung der Geschlechter bedeutet. Im Drama mündet die Liebe zwischen Penthesilea, »halb Furie, halb Grazie« (V. 2456), und Achill in einen Geschlechterkampf im wörtlichen Sinne. Phantasien über den Geschlechtertausch wie die in der Höhlenszene der *Familie Schroffenstein* werden in der *Penthesilea* in einem »Durcheinanderwirbeln geschlechtskonstitutiver Merkmale« noch überboten (Pfeiffer 2001, S. 194).

Für feministische Deutungsansätze ist das Drama jedoch nur bedingt geeignet. Der Amazonenstaat ist durch physische wie psychische Unterdrückung der eigenen Natur sowie durch Gewalt und Unpersönlichkeit gegenüber dem anderen Geschlecht gekennzeichnet und reproduziert damit männliche Machtverhältnisse unter umgekehrtem Vorzeichen (Kaiser 1977, S. 169).

Während die Amazonen Gewalt mit Begehren in Verbindung bringen und die Griechen damit den Krieg, gerät Penthesilea mit ihrer »unbegriff'ne[n] Leidenschaft« (V. 1689) zwischen die symbolischen Ordnungen. Neben die Verwirrung des Geschlechts tritt dabei die des sprachlichen Sinns in der »Nichtunterscheidbarkeit von Wortwörtlichkeit und Bildlichkeit« (Ulrich Port, KH, S. 59). Diese Erfahrung kommt eruptiv in den zur Tat gewordenen Wendungen »Zerreißung« und »aus Liebe essen« sowie in Penthesileas Selbstvernichtung durch einen rein sprachlichen Akt zum Ausdruck.

Herausforderung der klassizistischen Ästhetik, Kleists gezielte Provokation

Vom ersten Auftritt des verwundeten Achill und der verstümmelten Penthesilea bis zu dessen Zerfleischung am Ende ist das Drama eine Herausforderung der am griechischen Klassizismus gewonnenen ästhetischen Imagination des harmonisch ganzen Körpers. Die vom Stück suggerierte monumentale Körperlichkeit und die spektakuläre Action sind im Grunde nur Effekte der Figurenrede. Szenisch-theatralisch erweist sich die *Penthesilea* dagegen als ein »ausgesprochen körperarmes« (ebd.) Stück. Kleist ging es nicht um die Darstellung von Gewalt als Selbstzweck, er hat vielmehr nach der »Möglichkeit einer dramatischen Motivierung« (DKV IV, S. 397) gesucht.

Vgl. S. 44

Kleists gezielte Provokation der Normen der idealistischen Ästhetik und Antikeverehrung seiner Zeit hat ihre Wirkung nicht verfehlt. An die Stelle von Furcht und Mitleid sei »hier Entsetzen, Abscheu und Ekel« getreten, bemerkte ein Rezensent der Buchausgabe (LS, Nr. 282).

> »Mit der Penthesilea kann ich mich noch nicht befreunden. Sie ist aus einem so wunderbaren Geschlecht und bewegt sich in einer so fremden Region, daß ich mir Zeit nehmen muß, mich in beyde zu finden.« (Goethe an Kleist, Weimar, 1. 2. 1808, DKV IV, S. 410)

In der Tat lässt sich die *Penthesilea* als ein Gegenentwurf zu Goethes *Iphigenie auf Tauris* (1787) verstehen. Goethes Drama gilt gemeinhin als Versuch, den Tantalidenmythos in Humanität und sittliche Freiheit aufzulösen, implizit war damit auch eine Vorstellung erlösender Weiblichkeit verbunden. Gegen eine Versöhnung von Antike und Moderne stellt Kleist das anarchische Potential des Mythos heraus. Insbesondere mit den Motiven der Jagd, der Zerreißung, des dionysischen Rausches und der Verbindung von Erotik und Gewalt lehnt sich das Stück eng an die *Bakchen* (nach 406 v. Chr.) des Euripides an und erweist seine Modernität durch den Rückgriff auf die andere, archaische Seite der Antike.

Robert Guiskard, Herzog der Normänner

D: unter dem Titel *Fragment aus dem Trauerspiel: Robert Guiskard, Herzog der Normänner* in: *Phöbus*, 4., 5. Stück, April / Mai 1808; EA: 6. 1. 1901, Berliner Theater, Regie: Paul Lindau.

Vier Jahre nachdem Kleist an seinem ambitionierten Dramenprojekt gescheitert war, nahm er die Arbeit am *Guiskard* wieder auf, weil er Material für die gemeinsam mit Adam Müller geplante Zeitschrift *Phöbus* benötigte. Zum Druck kam ein Fragment. Kleist hatte offenbar das Stück aus dem Gedächtnis neu niedergeschrieben, darauf deuten u. a. stilanalytische Vergleiche mit seinen anderen im *Phöbus* publizierten dramatischen Arbeiten hin. Die überlieferten 10 Auftritte mit 524 Versen geben Einblicke in die Dimension des Vorhabens, sie vermitteln aber auch die konzeptionellen Schwierigkeiten.

Vgl. S. 32

Für den der Handlung zugrunde liegenden mittelalterlichen Stoff hatte sich auch Schiller interessiert: Es geht dabei um den Feldzug der Normannen unter der Führung des Robert Guiscard gegen die byzantinische Herrschaft, der mit dem Pesttod Guiscards im Jahr 1085 ein abruptes Ende nahm.

Kleists Fragment verdichtet die Fakten auf eine Situation. Angesichts der im Feldlager vor Konstantinopel grassierenden Pest fordern die Belagerer die Rückkehr in die Heimat. Ihnen treten Helena, die Schwiegertochter Guiskards, und dann die beiden »Normännerprinzen« Robert, Guiskards Sohn, sowie Abälard, sein Neffe, gegenüber. Im Umgang mit den Bittstellern werden die Streitigkeiten innerhalb der Dynastie über Erbfolge und Herrschaftsformen offenkundig (vgl. V. 266 ff.). Indirekt bestätigen beide dabei kursierende Gerüchte über Guiskards Pestkrankheit. Robert sieht sich als legitimen Anwärter auf den Thron seines Vaters und äußert sich als entschlossener Machtmensch; Abälard, der Sohn von Guiskards Vorgänger, positioniert sich in seinen Reden populistisch und paternalistisch. Mit Guiskards Erscheinen im 10. Auftritt wird deutlich, dass er durch sein Handeln und seine Beliebtheit bislang beide Formen der Machtausübung souverän in sich vereinigt hat. Durch seinen für alle sichtbaren Zusammenbruch während der Aussprache mit dem Vertreter seines Volks steht aber auch er als Täuschender und Lügner da. Mit dieser sich zuspitzenden Herrschaftskrise endet das Fragment.

Manches deutet auf eine Verknüpfung des von seinem Stoff her historischen Dramas mit Elementen der antiken Tragödie hin. So tritt etwa das während des Geschehens präsente normannische Volk samt seinen Wortführern anfangs als Chor auf. Hauptsächlich wird die Verknüpfung über das Motiv der Pest und die Befreiung von der Plage hergestellt, wie es am Anfang von Sophokles' König *Ödipus* zu finden ist. Die bedeutendste antike Tragödie stellt für Kleists Werk insgesamt in struktureller und thematischer Hinsicht einen wichtigen Bezugstext dar.

Schließlich weist das historische Sujet zeitgeschichtliche Parallelen auf. An der Figur des Guiskard, der nach seinem eigenen Bericht bei einem Besuch der Pestkranken seine Immunität gegenüber der tödlichen Seuche und damit seine Erwähltheit demonstriert zu haben glaubt (vgl. V. 477 f.), sind Umrisse Napoleons erkennbar. Er soll 1799 bei der gleichfalls durch die Pest gescheiterten Belagerung der Festung Akkon in Palästina ähnlich aufgetreten sein.

Zentrales Motiv: Die Pest

Unklar bleibt bei alldem die dramaturgische Funktion des zentral gesetzten Pest-Motivs. Während in Sophokles' Drama durch die Seuche eine besondere tragische Schuld angezeigt wird, ist diese für den bis zuletzt mit seinen Feldzügen erfolgreichen Guiskard nicht erkennbar. Der sich abzeichnende Konflikt zwischen republikanischen und dynastischen Prinzipien, zwischen Volk und Fürsten, wird durch seine charismatische Führergestalt und durch sein »Guiskard'swort« (V. 476) gerade beschwichtigt. Überdies kann der Konflikt »zwar als eine Folge, doch keineswegs als der Ursprung der Pest gedeutet werden« (Anthony Stephens, KH, S. 77).

Mit dem *Fragment* liegt ein in verschiedene Richtungen deutbares Kondensat eines dramatischen Gebildes vor, über dessen genaue Ausführung nichts bekannt ist.

Das Käthchen von Heilbronn

D: Fragmente im *Phöbus* 4., 5. Stück, April / Mai 1808 (Anfang bis II/1); 9., 10. Stück, Sept./Okt. 1808 (II/2 bis II/13); Buchfassung: *Das Käthchen von Heilbronn oder die Feuerprobe, ein großes historisches Ritterschauspiel von Heinrich von Kleist.* Berlin: Realschulbuchhandlung [G.A. Reimer] 1810; EA: 17. 3. 1810, Theater an der Wien, bearb. von Heinrich Joseph von Collin.

»K. v. H.« – »H. v. K.«

Von allen Werken Kleists weist das *Käthchen von Heilbronn* die größte Nähe zur Romantik auf. Wie die *Familie Schroffenstein* spielt das Stück in der vom zeitgenössischen Theater bevorzugten Ritterwelt des Mittelalters. Es verbindet Versatzstücke der trivialromantischen Dramenproduktion (Entführung, Schlossbrand, Giftanschlag etc.) mit Positionen der romantischen Naturwissenschaft, und es tendiert zum Märchenhaft-Wunderbaren. Ein genaueres Bild über Kleists Verhältnis zur Romantik ist daraus allerdings nicht zu gewinnen. Auch wenn die ersten Leser des Stücks »dem regellosen, nach Goethes Götz gebildeten Erzeugnis die Bühnenfähigkeit« (LS, Nr. 268) absprachen, avancierte ausgerechnet das *Käthchen* durch eine Reihe meist fragwürdiger Bearbeitungen zum beliebtesten Bühnenstück Kleists im 19. Jahrhundert.

Vgl. S. 125

> »Erschienen sind an neuern literarischen Produkten: Käthchen von Heilbronn, Schauspiel von Hrn. von Kleist; unterhaltend für alle, die mit der Vernunft fertig geworden sind.« (*Morgenblatt für gebildete Stände*, 5. 12. 1810; LS, Nr. 372)

Ausschlaggebend für das Verständnis des verwickelten Dramengeschehens ist ein vor der eigentlichen Dramenhandlung liegendes Erlebnis, durch das die beiden Hauptfiguren aufeinander bezogen werden. Im Handlungsablauf bleibt dieses Erlebnis aber zunächst ausgespart. Es wird erst in der Szene II/9 und später dann in der berühmten sogenannten Holunderbuschszene (IV/2) offengelegt.

Das Käthchen – sie tritt als Tochter des Heilbronner Waffenschmiedes Theobald Friedeborn auf, ist aber eigentlich von hoher Herkunft – und der Graf Wetter vom Strahl sind sich vor dem Aufeinandertreffen in der realen Welt schon einmal begegnet. Beide hatten zur selben Zeit in einer Silvesternacht an verschiedenen Orten eine traumähnliche, aber über einen bloßen Traum hinausreichende Vision. Für beide ist diese »leibhaftig[e]« (V. 2167) Begegnung an die himmlische Prophezeiung einer Hochzeit gebunden. Ihr wird ein »großer, schöner Ritter« (V. 2156) vorhergesagt, ihm eine durch ein Muttermal kenntliche »Kaisertochter« (V. 1276). Durch diese Vision wirkt das Käthchen gegenüber dem Grafen von Beginn an wie gesteuert, weil sie in ihm intuitiv ihren zukünftigen Bräutigam erkennt. Der Graf selbst stößt hingegen erst viel später, in der Holunderbuschszene des vierten Aktes, auf den realen Gehalt seiner damaligen Fiebervision: »Was mir ein Traum schien, nackte Wahrheit ist's.« (V. 2211) Anders als bei Romantikern wie Novalis steht der Traum nicht einfach im Gegensatz zur Wirklichkeit.

Die Gerichtsszene des ersten Aktes exponiert zunächst das von Verkennungen und Asymmetrien geprägte Verhältnis zwischen den Hauptfiguren. Gegen Theobalds Vorwurf, seine Tochter durch schwarze Magie verführt zu haben, weil sie ihm »in blinder Ergebung« folgt (V. 226), demonstriert der Graf seine Unschuld an ihrem rätselhaften Verhalten, indem er das Mädchen einem inquisitorischen Verhör unterzieht. Allerdings zeigt bereits der den zweiten Akt eröffnende Monolog des Grafen, wie sehr seine selbstbewusste Attitüde mit einem von Standesdünkel begleiteten heimlichen »erotischen Männerwunschtraum« (Klüger 1993, S. 106) durchsetzt ist.

Über die anschließende Kunigunde-Handlung werden die beiden Schichten des Stücks, »Ritterschauspiel« und visionäres Erlebnis, enger geführt. Mit einer für das Genre obligatorischen edlen Tat rettet der Graf Kunigunde von Thurneck, die ihm kurz zuvor noch den Krieg wegen Gebietsstreitigkeiten erklärt hatte. Auf seinem Schloss erfährt diese von der silvesternächtlichen Fiebervision Wetter vom Strahls und gewinnt ihn als Bräutigam (II/9-13).

Die verschlagene Kunigunde ist jedoch nicht einfach die Kontrastfigur zum gutmütigen Käthchen. Mehrfach wird betont, dass Kunigunde physiognomisch als eine »mosaische Arbeit« (V. 2512 f.) und als Produkt ihrer ausgiebigen Toilette und kosmetischer Operationen anzusehen ist. Durch diese ostentative Herausstellung der Künstlichkeit ihrer Gegenspielerin wirkt auf der anderen Seite die Natürlichkeit Käthchens derart übertrieben, dass sie selbst als »experimentelle Kunstfigur« (Reuß 2010, S. 110) kenntlich gemacht wird.

Im dritten Akt verändert sich die Erscheinung der Titelgestalt von einer passiven zu einer aktiven Figur. Dazu wird die Käthchen-Handlung einigermaßen willkürlich wieder in das Geschehen integriert. Nach dem Verhör entscheidet sie sich plötzlich gegen den Gang ins Kloster und erfährt zufällig von der Gefahr des bevorstehenden Überfalls eines früheren Verlobten der Kunigunde. Sie warnt den Grafen, der die »Dirne« (V. 1709) zunächst noch brüsk abweist, und riskiert in der titelgebenden »Feuerprobe« selbstlos ihr Leben für ein von Kunigunde im brennenden Schloss zurückgelassenes »Futtral« mit dem Bild des Grafen. Dieser erweist sich hingegen während des ganzen Vorgangs als ungeschickt, unentschlossen, als fast schon komische Figur (III/7-14).

Kleist hat das auf Lessings *Nathan* zurückgehende Motiv der Frau im brennenden Haus mehrfach in seinem Werk verarbeitet. Während bei Lessing das Motiv wegen der Rettung durch den Mann noch als Chiffre einer bürgerlich-heroischen Tat verstanden werden konnte, wird es bei Kleist parodistisch überzogen: Ein Cherub tritt auf und rettet Käthchen aus den Flammen. Schließlich stellt sich heraus, dass Kunigunde es nicht auf das Bild, sondern auf die Urkunde für die ihr vom Grafen überlassenen Ländereien abgesehen hatte.

Angesichts der Habgier seiner Braut wächst das Interesse des Grafen an Käthchen und ihrem sonderbaren Verhalten. Die für Kleists Dramatik typische Form der Enträtselung – die hier indes nur auf neue Rätsel verweist – geschieht in der besagten Holunderbuschszene (IV/2). Diese ver-

Die Holunderbuschszene im *Käthchen von Heilbronn*. Gemälde von Moritz von Schwind, 1826

dankt ihre Popularität nicht zuletzt den Bühnenbearbeitungen im 19. Jahrhundert, in denen die Brüche des Stücks zugunsten der trivialromantischen Liebesgeschichte kaschiert wurden.

Kleist hatte diese Szene eher als wissenschaftliches Experiment konzipiert. In der Rolle eines Magnetiseurs entdeckt der Graf durch einen magnetischen »Versuch« (V. 2116) mit der in einen somnambulen Zustand Versunkenen ihr und sein Geheimnis.

»So gewiß nichts Rührenderes gedacht werden kann als eine solche plötzlich vom Himmel in ein Menschenherz niederfallende, selbstsuchtlose, opferbereite Liebe, so gewiß ist es doch auch, daß die Opfer, die die Liebe jeden Augenblick zu bringen bereit ist, gewisse *ästhetische Grenzen* innehalten müssen. Eine Liebe, die, wenn ihr ein Paar Hosen mit der absichtlich-zynischen Forderung hingeworfen werden: »Näh mir die Knöppe an«, um nicht noch schlimmere Beispiele zu wählen, sich dieser Forderung glückselig unterwirft, ist keine Liebe mehr, die noch unsre besondre Teilnahme wecken kann.« (Theodor Fontane über Kleists *Käthchen* 1872; NR, Nr. 537a)

Die romantische Wissenschaft vom Magnetismus war Kleist durch Gespräche mit Gotthilf Heinrich Schubert und dessen *Ansichten von der Nachtseite der Naturwissenschaft* (1808) bekannt. Der Magnetismus geht von einem durch Körperkontakt hervorgerufenen telepathischen Austausch von seelischen Zuständen aus, wie er in der Szene mitsamt seinen erotischen Konnotationen inszeniert wird (Oesterle 2002).

Dieser Austausch ist in die Handlung des Stücks dadurch integriert, dass das Käthchen etwas weiß, was dem Grafen nicht bewusst ist, und dieses besondere Wissen im somnambulen Zustand auch artikulieren kann. Am Ende führt dann umgekehrt das Wissen des Grafen um die hochherrschaftliche Abkunft Käthchens zum wunderbar-märchenhaften Schluss des Stücks im fünften Akt.

Unter den Augen des Kaisers gewinnt der Graf vom Strahl in Worms einen vom vermeintlichen Vater Theobald als Gottesgericht angestrengten Zweikampf. Der irritierte Kaiser erinnert sich daraufhin eines Aufenthaltes in Heilbronn und einer intimen Begegnung mit der Frau Theobalds, »mit der ich mich [...], während die Musik niedersäuselte [...] unterhielt« (V. 2486 ff.). Er erkennt das Käthchen als seine Tochter an, und erhebt sie zur »Katharina von Schwaben« (V/11). Am Ende verstößt Wetter vom Strahl Kunigunde und erwählt das Käthchen als Braut. Dabei stellt er aber auch die wiedergewonnene männliche Verfügungsmacht des ersten Aktes zur Schau, indem er das Käthchen bis zum Schlusstableau über die gute Wendung der Ereignisse im Ungewissen hält.

Zu den heiklen Passagen des Stücks gehört der von Kleist bereits parodistisch gestaltete Umstand, dass der Kaiser mit einer Bürgersfrau ein uneheliches Kind gezeugt hat. Aus Zensurrücksichten wurde daher für die Wiener Uraufführung u. a. die Figur des Kaisers in einen Herzog zu Schwaben umgewandelt. Aus literaturwissenschaftlicher Sicht könnte man die verdächtige Unterhaltung des Kaisers mit der Frau Theobalds als rein sprachlichen Zeugungsakt der durch den Diminutiv geschlechtslos erscheinenden Kunstfigur Käthchen deuten.

Kleist hat das Käthchen gelegentlich mit seiner anderen großen antiklassischen Frauenfigur zusammengeschlossen. Sie sei die »Kehrseite der Penthesilea, ihr andrer Pol, ein Wesen das ebenso mächtig ist durch gänzliche Hingebung, als jene durch Handeln« (DKV IV, S. 398). An der Liebesmacht interessierten Kleist die extremen Charaktere. Für den Publikumsgeschmack erwies sich die Unterwürfige deutlich als attraktiver als die Männermordende.

Die Herrmannsschlacht

D: Teilabdruck als *Marbod und Herrmann. Eine Scene aus der Herrmannsschlacht, einer Reliquie von Heinrich von Kleist.* In: *Zeitschwingen oder des deutschen Volkes fliegende Blätter*, hg. von J. B. Pfeilschifter, Nr. 31, 32; 22.4, 25.4.1818; vollständiger Druck in: *Heinrich von Kleists hinterlassene Schriften*, hg. von L. Tieck, Berlin: G. Reimer 1821. EA: 18.10.1860, Stadttheater Breslau, bearb. von Feodor Wehl.

Die Herrmannsschlacht thematisiert den erfolgreichen Aufstand der Germanen unter ihrem charismatischen Führer Herrmann gegen die römischen Besatzer. Die zeitgeschichtlichen Bezüge zum Stoff lagen für Kleist auf der Hand: »Wir sind die unterjochten Völker der Römer«, hatte er 1806, zehn Tage nach dem Sieg der Franzosen über Preußen in Jena und Auerstedt, an Ulrike geschrieben (DKV IV, S. 364). Umstritten ist Kleists Nationaldrama, weil es die verschlagenen und grausamen Methoden Herrmanns, der auch seine Frau Thusnelda für machtpolitische Zwecke instrumentalisiert, als notwendiges Mittel zum Sieg über einen übermächtigen Gegner vorführt und dabei moralische Positionen des aufklärerischen Humanitätsdenkens preiszugeben scheint.

Nach der Wiederentdeckung der Schriften des römischen Geschichtsschreibers Tacitus durch die Humanisten des 15. und 16. Jahrhunderts zählte der Stoff um die Vernichtung der römischen Legionen des Varus in der Schlacht im Teutoburger Wald (9 n. Chr.) durch die Germanen unter dem Feldherrn Arminius lange Zeit zu den prominentesten Gründungsmythen der Deutschen. Schon der Reformation galt Arminius als Symbolfigur der antirömischen Bewegung, angeblich soll Luther den Namen in Hermann (»Heer-Mann«) verdeutscht haben. Im Zeitalter der Aufklärung wurde der Herrmann-Stoff durch eine Reihe von Autoren (u. a. Lohenstein, J. E. Schlegel, Möser, Wieland, Klopstock) für einen patriotischen Diskurs genutzt, der zwar bereits ein aggressives Potential gegenüber anderen Nationen aufwies, vor allem aber das Problem der kulturellen Eigenständigkeit gegenüber den Franzosen behandelte.

Vgl. S. 47

Mit seiner *Herrmannsschlacht* leitet Kleist eine massive Politisierung und Nationalisierung des Stoffes ein. Das Stück war Kleist zufolge »für den Augenblick berechnet« (DKV IV, S. 429, 432). Er reagierte damit unmittelbar auf Napoleons Eroberungsfeldzüge und auf die durch eine Reihe von Ereignissen seit dem Sommer 1808 kurzzeitig genährte Hoffnung auf eine preußisch-österreichische Koalition und Erhebung gegen die französische Besatzungsmacht.

Literatur im Dienst der Politik

Diese offene Indienstnahme des Werkes für den politischen Ausnahmezustand begründet die Sonderstellung der *Herrmannsschlacht* innerhalb des Gesamtwerks. Nach wie vor ist das »oft mißbrauchte, sich dem Mißbrauch allerdings auch nicht gerade verschließende nationale Heldenstück« (Kommentar, DKV II, S. 1101), insbesondere wegen seiner Vereinnahmung durch den Nationalsozialismus, ein Skandalon der Kleist-Rezeption.

Im ersten Akt wird die zeitgeschichtliche Konstellation in der Reaktion der uneinigen germanischen Fürsten, der »Missvergnügten«, auf Varus' geschickte Machtpolitik des gegenseitigen Ausspielens erkennbar. Erst im Verlauf des 3. Auftritts dominiert Herrmann mit seiner ambivalenten Rede die Szenerie. Einerseits erklärt er seine Bereitschaft zur Kapitulation, andererseits signalisiert er Bedingungen für die Verteidigung der »Freiheit«. Anstelle eines pompösen Aufmarsches und des herkömmlichen Heldenmutes fordert er persönliche Opferbereitschaft, den Verzicht auf Besitz und den Einsatz bis zur möglichen Selbstvernichtung.

Der zweite Akt legt Herrmanns Strategie der Verstellung und des Betrugs sowie seine wahren Absichten offen, in die er auch seine Familie einspannt. Die von ihm inszenierte und im Stück auffallend breit entfaltete Intrige um Thusnelda und ihren römischen Verehrer Ventidius sowie die Lockenraubepisode (II/8, III/3, IV/9) dient nicht nur der Täuschung des Abgesandten Roms. Sie soll auch die schwankende Thusnelda mit seinem unversöhnlichen »Römerhaß« (V. 685, 1486) infizieren und stellt eine Demonstration von Herrmanns Manipulationskünsten dar. In den Instruktionen an einen Boten (II/10) legt er erstmals den geheimen Kriegsplan gegen die Legionen des Varus offen. Um das Vertrauen des mächtigen Suevenfürsten Marbod für die Hinterhaltaktion zu gewinnen, schickt Herrmann ihm seine Söhne als Pfand.

Im dritten Akt spitzt Herrmann die

Hermann und Thusnelda. Gemälde von Johann Heinrich Wilhelm Tischbein, 1822

»Wir haben Kleists *Hermann* dort gelesen. Bei vieler Bizarrheit finde ich es in Haltung groß und in der Bizarrität ungemein lustig. Was den Kleist besonders kurios macht, ist sein Rezept zum Dialog. Er denkt sich alle Personen halb taub und dämlich, so kömmt dann durch Fragen und Repetieren der Dialog heraus.« (Clemens Brentano an Achim v. Arnim, 3. Februar 1816, anlässlich einer Lesung der *Herrmannsschlacht* in Marie v. Kleists Lesegesellschaft; NR, Nr. 76)

durch das Eintreffen der römischen Truppen angespannte Situation durch Gerüchte und Aktionen zu. Er schürt die Propaganda, indem er Berichte über Brutalitäten der Römer verschärft, und sendet eigene Gefolgsleute aus, die in Römerkleidung das Land »durchwandern, sengen, brennen, plündern« sollen (V. 953). Vor diesem Hintergrund erscheint die Begegnung mit Varus und seinen verbündeten deutschen Fürsten als Musterstück für kluges politisches Verhalten (III/5). Da in der darauffolgenden Szene Varus und Ventidius sich über den von Rom beabsichtigten Verrat an Herrmann verständigen, erfährt dessen auf Lüge und List bauende Strategie nachträglich eine Rechtfertigung.
Nachdem sich Marbod von der Wahrhaftigkeit des Bündnisangebots samt der ihm garantierten Aussicht auf die Oberherrschaft überzeugt hat, sucht und findet Herrmann eine Gelegenheit, den im Volk eingepflanzten »Römerhaß« als Affekt zu mobilisieren und in einem »fessellosen Krieg« (V. 1484) eskalieren zu lassen. Im Zentrum der Peripetie des vierten Aktes steht die häufig als unverhältnismäßig grausam kritisierte Hally-Episode (IV/4-6). Die (angeblich) von Römern vergewaltigte Hally wird – ähnlich wie Lessings Emilia Galotti – von ihrem Vater erstochen, um sie von der Schande zu befreien. Herrmann nutzt den Vorfall zu einer symbolischen Aktion und stilisiert den Körper des Mädchens zum nationalen Opfer, indem er ihn von ihrer Familie in fünfzehn Teile zerstückeln lässt und als Fanal des Aufstands an die fünfzehn germanischen Stämme verschickt. Die in Lessings bürgerlichem Trauerspiel eingeübte patriarchalische Verfügungsgewalt über den weiblichen Körper wird damit aus

dem Bereich des Privaten und Moralischen ins Politische verlagert.

Mit dem langen fünften Akt rückt dann nicht, wie Handlungsverlauf und Dramentitel vermuten lassen, das Schlachtgeschehen direkt in den Vordergrund. Es werden vielmehr drastische Maßnahmen zur Umsetzung des Kriegsplans gezeigt. So setzt Herrmann eine klare Unterscheidung zwischen Freund und Feind durch, die den durch die Hally-Episode bereits vorbereiteten Prozess nationaler Ethnisierung forciert. Herrmanns Aufruf zum Widerstand schließen sich alle bis dahin den Römern verbündeten deutschen Stämme an, ausgenommen Aristan, der die Existenz von »Germanien« anzweifelt (vgl. V. 2612 f.). Die Passage spielt deutlich auf ein Distichon aus Goethes und Schillers *Xenien* von 1797 an, in dem die Frage gestellt wird: »Deutschland? Aber wo liegt es?« Aristans Enthauptung, mit der das Stück endet, ist auch als Abrechnung mit dem weltbürgerlichen Habitus der Weimaraner verstanden worden (Mommsen 1974, S. 133 f.).

Auf der anderen Seite zeigt die Hinrichtung des »guten Römers« Septimius Nerva (V/12, 13), dass sich Herrmann mit der Nationalisierung des Freund-Feind-Schemas bewusst über das »Gefühl des Rechts« (V. 2214) und moralische Wertmaßstäbe hinwegsetzt.

Höhepunkt der Grausamkeiten ist zweifellos Thusneldas Rache an Ventidius. Sie lockt ihn in eine Falle und lässt ihn unter höhnischen Kommentaren durch eine Bärin zerreißen (V/15-18).

Obgleich das gesamte Drama von einem Subtext der »deutschen Gesinnung« durchzogen ist und auch einen höchst fragwürdigen »Zusammenhang von Raum und Blut« (Werber 2006, S. 164) herstellt, handelt es sich doch nicht um ein reines Propagandastück. Die *Herrmannsschlacht* ist eher ein Lehrstück »über die Ausübung von Propaganda und über einen geschliffenen und überzeugten Propagandisten« (Klüger 1994, S. 162). Da Herrmann nicht als tragischer Held konzipiert ist, sondern als ein an Machiavelli und Gracián geschulter politischer Stratege und zynischer Strippenzieher auftritt, der am Ende auch noch Erfolg hat, sind Fragen nach der moralischen Integrität, wie sie in den Dramen der Aufklärung sowie Schillers zur Erörterung kommen, zunächst nachgeordnet (vgl. Schmidt 2003, S. 151 f.).

»Wenn [Herrmann] ein Cherusker ist, so jedenfalls einer, der seinen Macchiavelli gelesen hat. Gar kein Ideologe. Seine Kraft beruht auf List, genauer Kenntnis der menschlichen Gemeinheit, Selbstbeherrschung, Verstellung, Geduld und der wunderbarsten Unerschrockenheit in den Mitteln, auch gegen sich selbst. Ein kluger Redner und eine Spielerfigur dabei. Er kann so, kann aber auch anders, doch will er immer dasselbe. [...] Und fast unheimlich ist es, welchen bösen Blick Kleist für seinen Liebling hat, er gibt uns ein Ideal und gibt es zugleich preis.« (Notiz des Kritikers Hermann Bahr 1918; NR, Nr. 434)

Als problematisch erweist sich allerdings die Selbstlegitimation seiner politischen Rhetorik, die behauptet, den Befreiungsimpuls nach unten auszudehnen. Anders als im *Robert Guiskard* bleiben die Träger des Volkes als Dramatis Personae in der *Herrmannsschlacht* eine abstrakte Größe. Sie erscheinen allenfalls als manövrierbare Masse und Objekt der Manipulation. Zu fragen wäre in diesem Rahmen auch nach der Semantik von »Freiheit«, die hauptsächlich auf die Vertreibung der Besatzer beschränkt bleibt.

Immerhin gewährt das Stück unverhüllte Einsichten in die Entstehung und Verbreitung nationalistischer Denkmuster. Dabei scheint in der Figur des Herrmann das Bild eines modernen Intellektuellen auf, der mit Inszenierungen, Propagandazügen und seinem Sinn für symbolische Handlungen maßgeblich an der Erfindung von Volk und Nation beteiligt ist.

Prinz Friedrich von Homburg

D: *Heinrich von Kleists hinterlassene Schriften*, hg. von L. Tieck, Berlin: G. Reimer 1821. EA: unter dem Titel *Die Schlacht von Fehrbellin*, 3. 10. 1821, Wiener Burgtheater, Regie: Josef Schreyvogel.

Kleists letztes, zu Lebzeiten unveröffentlicht gebliebenes Drama dreht sich um einen Fall militärischer Insubordination in den Reihen der höchsten Führungsspitze Preußens. Prinz Friedrich Arthur von Homburg rückt während der Schlacht von Fehrbellin draufgängerisch gegen die schwedische Armee vor. Trotz des erreichten Sieges wird er vom Kurfürsten Friedrich Wilhelm zum Tode verurteilt und erst auf dem Hinrichtungsplatz begnadigt.

Vom Stoff her handelt es sich um ein Geschichtsdrama mit kaum verhüllten zeitgeschichtlichen Bezügen. Nur indirekt und bis zu einem gewissen Punkt folgt das Stück realen Begebenheiten um das unbotmäßige Verhalten des Landgrafen Friedrich II. von Hessen-Homburg in der Schlacht von Fehrbellin (18. 6. 1675), der daraufhin seinen Abschied aus der Armee nahm, vom Großen Kurfürsten Friedrich Wilhelm von Brandenburg jedoch nicht angeklagt wurde.

Kleist hat sich stattdessen an der von Friedrich dem Großen in der Mitte des 18. Jahrhunderts verbreiteten Homburg-Legende orientiert (Staengle 2006). Die Erzählung vom übereifrigen Offizier und dem großmütigen Herrscher zielte auf das intakte patriarchalische Beziehungsgefüge innerhalb einer Armee, die seinerzeit noch den Aufstieg Preußens zur europäischen Großmacht garantieren sollte. In Zeiten der antinapoleonischen Bewegung und der Reformbemühungen in Preußen musste demgegenüber der in der Legende kaschierte Konflikt zwischen dem Einzelnen und dem Machtkörper hochaktuell erscheinen.

Der erste Akt kontrastiert scharf Wunschbild und Kriegsmaschinerie. In einer aus dem Handlungsgeschehen herausgehobenen Spiel-im-Spiel-Szene erscheint Homburg anfangs in einem dem Käthchen verwandten somnambulen Zustand. Unter heimlicher Beobachtung der Herrscherfamilie gibt er seine Vision preis. Schlafwandlerisch windet er sich selbst den Lorbeerkranz und imaginiert sich den Kurfürsten als Vater sowie dessen Nichte Natalie als Braut. Aus einer Laune heraus greift der Kurfürst in das Traumspiel ein, wendet sich dann aber mit dem programmatischen Satz: »Im Traum erringt man solche Dinge nicht!« (V. 77) vom befremdlichen Verhalten seines Generals ab. Homburg steht dann auch in der Realität noch unter dem Eindruck seiner Halluzinationen. Beim Diktat des Schlachtplans durch den Feldmarschall in der sogenannten Paroleszene (I/5) wirkt er »zerstreut – geteilt« (V. 420).

Am Tag der Schlacht (zweiter Akt) handelt Homburg anstatt nach der ihm vorgegebenen Order nach der »Parole des Herzens« (vgl. V. 473 f.) und greift den schwedischen General Wrangel eigenmächtig an. Der im Botenbericht (II/5) mitgeteilte Sieg wird unterschiedlich bewertet. Der Feind ist zwar »auf Jahresfrist« (V. 507) aus dem Land vertrieben, der vom Feldmarschall ausgegebene »Kriegsplan [...], ihn aufzureiben« (V. 311), wurde aber verfehlt.

Eine wichtige Rolle spielt das Gerücht über den Tod des Kurfürsten. An einer Stelle wird dessen Leichtsinn erwähnt, der allein durch das selbstlose »Opfer« des Stallmeisters Froeben revidiert werden konnte. Durch die irrtümliche Todesbotschaft von »Wut gespornt und Rache« (V. 552), hatte Homburg seine Aktionen forciert und sich dann unmittelbar nach der Schlacht schon Natalie als Nachfolger des Kurfürsten empfohlen (II/6). Ob er den Bund mit Natalie aus Liebe eingeht, ist fraglich (vgl. Hamacher 1999, S. 52 f.).

Der zu Friedensverhandlungen nach Berlin zurückgekehrte Kurfürst erklärt den Verantwortlichen für die verfrühte Attacke »des Todes schuldig« (V. 720) und lässt den fassungslosen

Der Prinz von Homburg vor dem Großen Kurfürst nach der Schlacht von Fehrbellin. Mezzotinto von Johann Joseph Freidhoff, 1802

Homburg vor den Augen der betroffenen Armeespitze verhaften (II/9, 10).

Zunächst übernimmt Homburg noch selbst Schritte zu seiner Rettung (dritter Akt). Der zwischen seiner Rolle als Freund und Hofangehöriger schwankende Graf Hohenzollern verdeutlicht dem Gefangenen den Ernst seiner Lage und stößt ihn aus seiner Selbstgewissheit (»Ich bin ihm wert, das weiß ich, / Wert wie ein Sohn«; V. 829 f.) in die Verzweiflung. Hohenzollern rät ihm auch wegen einer vom Kurfürsten erwogenen dynastischen Verbindung zum schwedischen Herrscherhaus zum Verzicht auf Natalie.

Die so vorbereitete Unterredung Homburgs mit der Kurfürstin und Natalie (III/5) kommt dann einer Demontage Homburgs gleich. In einer für die zeitgenössische Dramatik und die Erwartungshaltung an die erhaben-männliche Größe des Bühnenhelden skandalträchtigen Szene bettelt Homburg vor der indignierten Kurfürstin um sein Leben: »Seit ich mein Grab sah, will ich nichts, als leben / Und frage nichts mehr, ob es rühmlich sei!« (V. 1003 f.) Trotz seiner offenen Verleugnung Natalies (»Nataliens […] / Begehr' ich gar nicht mehr, in meinem Busen / Ist alle Zärtlichkeit für sie verlöscht.« V. 1023 f.) will diese sich für ihn beim Kurfürsten verwenden.

Ähnlich wie im *Käthchen* wird die Handlung auch im *Homburg* zeitweilig durch einen Wandel der Geschlechterrollen – aktive Frau, passiver Mann – vorangetrieben. Ausschlaggebend für Natalies entschiedene Aktionen bis hin zu einer militärischen Intrige ist das erschütternde Bild des sich selbst erniedrigenden Homburg, »so ganz / Unheldenmütig träfe mich der Tod / […] nicht an« (V. 1166 ff.).

Im vierten Akt formuliert sie, als deren Vorbild die 1810 gestorbene Königin Luise vermutet worden ist (Kittler 1987, S. 258 f.), die Gegenposition zu dem auf Befehlsgehorsam beruhenden »Kriegsgesetz« des Kurfürsten. In ihrem Plädoyer für Homburg stellt sie die »lieblichen Gefühle« für das »Vaterland« als entscheidende Motivation seiner eigenmächtigen Handlung heraus (V. 1129 ff.). Bestätigt wird ihre Einstellung später durch die lange Rede des Obristen Kottwitz über das »lebendige Gesetz« (V. 1570 ff.). Natalie wie Kottwitz – dieser ein Porträt des Militärs Neidhardt von Gneisenau (Häcker 1985, S. 92) – fungieren teilweise als Sprachrohr für das Gedankengut, das patriotische Heeresreformer dem preußischen Herrscherhaus vermitteln wollten.

Die von Natalie erwirkte Begnadigung lehnt Homburg ab, da er selbst die Unrechtmäßigkeit seiner Verurteilung bestätigen sollte und damit den Kurfürsten direkt angegriffen hätte (IV/4). Die Interventionen von Kottwitz und schließlich auch von Hohenzollern (V/5) bringen ihrerseits die Position des schroff-autoritär agierenden Kurfürsten ins Wanken. Der Konflikt wird aber dann durch Homburgs Opferbereitschaft abgewendet. Er erlangt seinen Heldenstatus zurück, indem er voller Pathos erklärt, »das heilige Gesetz des Krieges« durch »einen freien Tod verherrlichen zu wollen« (V. 1750 ff.), zugleich bittet er um die Wiederaufnahme des Krieges.

Traumspiel

In den symbolisch hoch aufgeladenen Schlussauftritten (V/10, 11), die explizit auf die Eingangsszenerie zurückverweisen, erfährt der sich in einer Hinrichtungssituation wähnende Homburg von seiner Begnadigung. Er fällt in Ohnmacht und erhält danach auf die Frage, ob dies ein Traum sei, zur Antwort: »Ein Traum, was sonst?« Das Stück endet mit dem durch die Sprecherangabe »Alle« versehenen, berühmt-berüchtigt gewordenen Vers »In Staub mit allen Feinden Brandenburgs!«.

»Man kann den *Prinzen von Homburg* lesen als ein Stück über eine Zähmung, die Zähmung eines Außenseiters, der angepaßt wird mit diesem groben Scherz einer gespielten Hinrichtung.« (Heiner Müller über den *Homburg*; Müller 1986, S. 54)

Trotz der geschlossenen Form ist der Gehalt des *Homburg* von allen Dramen Kleists der umstrittenste, da die im Stück angelegten Sinnschichten sich offenkundig gegenseitig relativieren. Es handelt sich um ein zeitpolitisches Schlüsseldrama, in dem moderne, mit der nationalen Gesinnung jedes Einzelnen rechnende Kriegsstrategien zur Erörterung kommen. Anders als das propagandistische Lehrstück der *Herrmannsschlacht* thematisiert der *Homburg* die Konstituierung des »Vaterlandes« aber weniger über die Abgrenzung nach außen, sondern fragt verstärkt nach den Voraussetzungen im Inneren des Kollektivs. Dafür steht der zwischen Homburg und dem Kurfürsten sich entfaltende Vater-Sohn-Konflikt, der als literarisches Motiv eine lange Tradition hat (von Matt 1997). Ob dieser Konflikt am Ende in einen wechselseitigen Lernprozess einmündet, ist fraglich. Die auffälligen Korrespondenzen zwischen Anfangs- und Schlussszene (die »Rampe« als zentrales Bühnenrequisit, das Traummotiv) deuten weniger auf Entwicklungs- als auf Wiederholungsstrukturen hin.

Dekonstruktion eines klassischen Helden

Zudem exekutiert der um seine Souveränität fürchtende Kurfürst an Homburg eine grausame Prüfung, an der zuallererst die dramatische Einheit der Figur und ihr konventioneller Charakter zerbrechen (vgl. Reuß 2010, S. 143). Vor dem Sturz Homburgs »aus allen Rollen und Halterungen« (von Matt 1997, S. 88) auf dem Höhepunkt der Krise (III/5) verblasst die finale heroische Todesbereitschaft. Die Zurschaustellung nackter Existenzangst gehört aber auch zu den wenigen Stellen in den nationalen Dramen wie in der politischen Lyrik Kleists, in denen die ansonsten bedenkenlose Ästhetisierung von Krieg und Kampf relativiert wird. Die bald einsetzende heftige Kritik setzte bezeichnenderweise an der Infragestellung soldatischer Tugenden an. Selbst Theodor Fontane beklagte den Verrat an den Idealen des Preußentums durch »eitle, krankhafte, prätentiöse Waschlappen« (NR, Nr. 517) wie den Prinzen von Homburg.

Homburg: Reflexionsfigur Kleists

Als letztes dramatisches Werk legt das Stück schließlich eine Deutungsperspektive nahe, in der Homburg als eine Reflexionsfigur Kleists selbst erscheint. Die militärische Sozialisation, der Traum vom Ruhm, abweichendes Verhalten, die Imagination der Familie, das Gesetz des Vaters, die entschieden handelnde Frau, Ausschluss und Initiation sind Facetten der eigenen Lebensstationen. Wie so häufig in den anderen Dramen und Erzählungen wirkt auch das Ende im *Homburg* ostentativ gesucht und verweist in der Überblendung von Traum und Wirklichkeit auf die Lebensproblematik.

Erzählungen

Michael Kohlhaas

D: unvollständige erste Fassung: *Phöbus*, Heft 6, Juni 1808; überarbeiteter, vollständiger Text: *Erzählungen*, Bd. 1, Berlin: Realschulbuchhandlung [G. A. Reimer] 1810. Nur im dortigen Inhaltsverzeichnis der Untertitel: »(aus einer alten Chronik)«.

Deutsche Symbolfiguren: Kohlhaas – Faust

Kleists längster Prosatext eröffnet den ersten der beiden Bände mit den insgesamt acht Erzählungen, und er ist zweifellos auch der wirkungsmächtigste. Neben dem Reflexionsmenschen Faust gehört der Tatmensch Kohlhaas zu den bekanntesten, aber auch zu den umstrittensten Symbolfiguren der deutschen Literatur. Die paradoxe Wendung, mit der Kohlhaas gleich zu Beginn als »einer der rechtschaffensten zugleich und entsetzlichsten Menschen seiner Zeit« (DKV III, S. 13) eingeführt wird, kennzeichnet die extreme Spannung zwischen Gerechtigkeitswunsch, Rachsucht und Mordlust, die im Verlauf der Handlung nach und nach entfaltet wird. Zugleich führt diese Spannung immer tiefer in grundsätzliche Erwägungen über die Begründungsmöglichkeiten von Recht und sein Verhältnis zur Gewalt hinein (Hamacher 2003, S. 258 ff.).

> »Gnad und Fried in Christo! Mein guter Freund! Es ist mir furwahr Euer Unfall leid gewesen, und noch, das weiß Gott; und wäre wohl besser gewesen, die Rache nicht furzunehmen, dieweil dieselbe ohne Beschwerung des Gewissens nicht furgenomen werden mag, weil sie ein selbs eigen Rache ist, welche von Gott verboten ist [...].« (Martin Luther an Hans Kohlhase, Wittenberg, 8. Dezember 1534; in: *D. Martin Luthers Werke*. Kritische Gesamtausgabe, Briefwechsel Bd. 7, Weimar 1937, S. 124)

Anfangs noch ungebrochen in der Rolle eines Chronisten, schildert der Erzähler den Vorfall um den Pferdehändler Michael Kohlhaas, dem auf seiner gewohnten Handelsroute an der Grenze von Brandenburg nach Sachsen vom Junker von Tronka ein Passierschein abgefordert wird. Zwar wird Kohlhaas in Dresden die Willkür dieser Maßnahme bestätigt, aber bei seiner Rückkehr sind die ihm vom Junker als Pfand abgenötigten wertvollen Tiere durch Feldarbeit zugrunde gerichtet; der zu ihrer Pflege zurückgelassene Knecht wurde misshandelt und fortgejagt. Vergeblich klagt Kohlhaas, dessen »Rechtgefühl« bis dahin »einer Goldwaage glich« (DKV III, S. 25) auf die Wiederherstellung der Pferde. Als seine Frau Lisbeth bei der Übergabe einer Bittschrift an den brandenburgischen Kurfürsten ums Leben kommt, verkauft er seinen gesamten Besitz und beginnt »das Geschäft der Rache« (DKV III, S. 61). Mit einer wachsenden Schar an Gefolgsleuten überzieht er Brandenburg mit gewalttätigen Aktionen, die sich zunächst nur gegen den durch Vetternwirtschaft geschützten Junker richten. Es kommen aber auch Unschuldige zu Tode, und schon bald entwickeln sich die Angriffe zu einem Untergrundkampf, der die staatliche Ordnung insgesamt in Frage stellt – eine Vorgehensweise, die Kleist als Gegner der napoleonischen Besatzung Preußens durchaus realpolitisch in Betracht zog (vgl. Kittler 1987, S. 291 ff.).

Die Erzählung spielt im 16. Jahrhundert. Ihr Gerüst bilden reale Begebenheiten, die Kleist einer aus jener Zeit überlieferten Chronik, den *Nachrichten von Hans Kohlhase*, entlehnt hatte. Bereits dort ist von einem Vermittlungsversuch Martin Luthers zwischen Kohlhase und der Obrigkeit die Rede. *Michael Kohlhaas* ist jedoch keine auf historische Genauigkeit zielende Erzählung über die Reformationszeit. Das deutet sich schon in dem als erster Umschlagspunkt konzipierten Gespräch zwischen Kohlhaas und Luther an, in dem die Rollen anders verteilt sind: Der als Stubengelehrter auftretende Reformator argumentiert im Sinne der etablierten Ordnung, der »Rebell« Kohlhaas vertritt dagegen den Standpunkt, der dem historischen Luther zugeschrieben wird: »Hier stehe ich, ich kann nicht anders.«

Vor allem im zweiten Teil, nachdem Kohlhaas sich in Erwartung einer Amnestie den sächsischen Behörden gestellt hat, bricht der lineare Verlauf der Erzählung zusehends auf. Die Handlungsräume beschränken sich weitgehend auf die Residenzstädte Dresden und Berlin. Der Fall Kohlhaas wird in das schwer durchschaubare Interessengeflecht der großen Politik hineingezogen, das bis nach Wien, zum Kaiser des Heiligen Römischen Reiches, reicht. Dabei rücken auch die beiden

Herrscher, der Kurfürst von Brandenburg und vor allem der Kurfürst von Sachsen, verstärkt ins Blickfeld.

Zu einer Lösung tragen aber weder juristische noch machtpolitische Instanzen bei. Die Handlung wird durch eine Reihe zufälliger Ereignisse vorangetrieben, die der Erzähler nur noch lapidar mit dem Hinweis rechtfertigt, dass »die Wahrscheinlichkeit nicht immer auf Seiten der Wahrheit ist« (DKV III, S. 134). Damit entledigt er sich indirekt auch seiner Chronistenpflichten. Als Kohlhaas, der zu seiner Hinrichtung nach Berlin transportiert worden ist, und der sächsische Kurfürst sich begegnen, verdichten sich diese Zufälle zum Schicksal der Kontrahenten. Wie aus Rückblenden hervorgeht, hängt beider Existenz von einer Zigeunerin ab, die einst auf dem Markt in Jüterbock dem Kurfürsten den Untergang seines Herrschergeschlechts schriftlich prophezeit hatte. Den Zettel selbst aber hatte sie damals dem wiederum »zufällig« in der Menge stehenden Kohlhaas zur Aufbewahrung übergeben. Kohlhaas, »der über die Macht jauchzte, die ihm gegeben war« (DKV III, S. 135), widersetzt sich den Bemühungen des Kurfürsten, sich des Schriftstückes zu bemächtigen, mit fortgesetzter Hilfe der Zigeunerin, die nicht nur ihm als eine Wiedergängerin seiner verstorbenen Frau Lisbeth erscheint.

Am Ende steht ein Versöhnungstableau auf dem Richtplatz in Berlin: Kohlhaas bekommt durch die Wiederherstellung der Pferde sein Recht, muss aber für seine Taten büßen. Er selbst verschafft sich »Genugtuung«, indem er kurz vor seiner Hinrichtung unter den Augen des Kurfürsten den Zettel liest und verspeist.

»Gestern habe ich Dir nicht geschrieben, weil es über *Michael Kohlhaas* zu spät geworden ist [...]. Das ist eine Geschichte, die ich mit wirklicher Gottesfurcht lese, ein Staunen faßt mich über das andere, wäre nicht der schwächere, teilweise grob hinuntergeschriebene Schluß, es wäre etwas Vollkommenes, jenes Vollkommene, von dem ich gerne behaupte, daß es nicht existiert.« (Franz Kafka an Felice Bauer über seine Eindrücke bei der Lektüre des *Kohlhaas*, Prag, 10. Februar 1913; NR, Nr. 420b)

Der auffallend versöhnliche Schluss ist erzählerisch gewaltsam erzwungen und verweist ironisch zurück auf die Brüche der Konstruktion. Diese wurden im Verlauf der Rezeptionsgeschichte höchst unterschiedlich gewertet: Maßgeblich war zunächst die Kritik von Ludwig Tieck, der im Vorwort seiner Kleist-Ausgabe von 1821 an der Zigeunerin-Episode einen allzu sorglosen Umgang mit trivialromantischen Erzählmustern monierte. Tatsächlich sind die Versatzstücke des Phantastischen nur schwer vereinbar mit den auf höchstem Niveau literarisch verarbeiteten Rechtsdiskursen, in denen der Rechtsfall des Kohlhaas als ein Fall des Rechts erscheint (Kaul 2006, S. 219 ff.). Neuere Forschungsansätze verweisen auf die im Text angelegte Abkehr vom geschlossen-linearen Erzählen und thematisieren das Erzählverfahren selbst. Der für die Zeit einzigartige Erzählstil – dazu zählen u. a. die nüchtern-aktenmäßig wirkende Sprache und der durch hypotaktische Satzgebilde dynamisierte Erzählrhythmus – fordert die bis dahin gültigen Konventionen des Erzählens und damit auch die Lesegewohnheiten heraus (Bogdal 1981, S. 24 f.). In diesem Zusammenhang werden auch die Unzuverlässigkeiten des Erzählers nicht mehr als handwerkliche Fehler gewertet. Zudem rücken – gegen die symbolpolitischen Vereinnahmungen im 19. und 20. Jahrhundert – die problematischen Seiten des Titelhelden zusehends in den Vordergrund. In ihm vereint sich aus heutiger Sicht der Tugendfanatismus eines Robespierre mit dem Hang zur religiösen Selbsterhöhung als »›Statthalter Michaels, des Erzengels‹« (DKV III, S. 73). Demonstrativ verweigert sich Kohlhaas mit Äußerungen wie: »ich aber kann dir weh tun, und ich will's« (DKV III, S. 123) dem neutestamentarischen Gebot der Vergebung, zu dem ihn seine Frau Lisbeth und Luther mahnen. Dieses Prinzip hätte für seinen Fall womöglich einen – wenn auch nicht generalisierbaren – Ausweg aus dem labyrinthischen Rechtshandel gewiesen.

Innovativer Erzählstil

Vgl. S. 127 u. 133 f.

Die Marquise von O....

D: *Phöbus*, Heft 2, Februar 1808; nur im dortigen Inhaltsverzeichnis der Zusatz: »(nach einer wahren Begebenheit, deren Schauplatz vom Norden in den Süden verlegt worden)«; leicht veränderte Fassung: *Erzählungen*, Bd. 1, Berlin 1810.

Eine Frau von Stand und untadeligem Ruf ist »ohne ihr Wissen« schwanger geworden und bietet sich öffentlich durch eine Zeitungsanzeige dem Vater des Kindes zur Heirat an. Mit diesem vom Erzähler selbst plakativ vorangestellten Handlungskern erfüllt die *Marquise* auf fast schon idealtypische Weise Goethes viel zitierte Bestimmung der Novelle »als eine sich ereignete unerhörte Begebenheit«. Realitätseffekte entstehen nicht nur durch den (fingierten) Hinweis auf tatsächliche Ereignisse im Zusatz des Erstdrucks, sondern auch durch den Handlungszeitraum, der als eine Episode aus dem Zweiten Koalitionskrieg (1799-1802) angelegt ist.

Motiv der »unwissentlichen Empfängnis«

Literaturgeschichtlich ist das Motiv der »unwissentlichen Empfängnis« durch Montaigne und Cervantes bekannt. Die damit zusammenhängende Thematik sexueller Verfehlung und ihrer Folgen gehört seit Boccaccios *Decamerone* zur Substanz der alteuropäischen Novellistik, die seit der Aufklärung wegen ihrer Freizügigkeit verpönt war. Kleist schließt an diese Motivtradition an und verbindet die Problematik von Sexualität und Körperlichkeit mit der von Aggression und Gewalt innerhalb der bürgerlichen Familie mit ihren vorgegebenen Geschlechterrollen (Neumann 1994, S. 150). Erst dadurch wird die *Marquise* zu jener Skandalgeschichte, die nach Bekunden einer zeitgenössischen Leserin »kein Frauenzimmer ohne Erröten lesen« kann (LS, Nr. 261).

Ironische Erzählhaltung

Lange bevor die Marquise und ihre Eltern das Rätsel der wundersamen Schwangerschaft für sich lösen, wird der Leser durch den ironisch gehaltenen Erzählstil auf die Spur gesetzt. Die Marquise war als Witwe mit ihren beiden Kindern ins Haus ihres Vaters, des Kommandanten einer Zitadelle, zurückgekehrt. Die Einrichtung in die »alte Ordnung der Dinge« (DKV III, S. 148) wird jedoch durch den Krieg gestört. Während der Erstürmung der Festung rettet der russische Graf F… die Marquise vor den eigenen marodierenden Soldaten.

An dieser Stelle signalisiert ein Gedankenstrich (»Hier – traf er«; DKV III, S. 145), dass der Graf sich offensichtlich selbst an der bewusstlos gewordenen Marquise vergeht. Gerade in der *Marquise* betreibt Kleist ein subtiles Spiel mit der Materialität und Zeichenhaftigkeit von Schrift, so etwa mit der auf die Schwangerschaft verweisenden Initiale »O«.
Der weitere Erzählverlauf konzentriert sich auf das aus den bürgerlichen Trauerspielen Lessings und Schillers bekannte Sujet der bedrohten patriarchalischen Kleinfamilie. Die Institution selbst besteht am Ende durch die Heirat des Grafen mit der Marquise zwar weiter. Die Entdeckung und Aufdeckung der Vorgänge höhlt jedoch dic Familienideale aus, insbesondere die Marquise wird in Extremzustände versetzt und zum paradoxen Misstrauen gegenüber ihrem Körper und ihrem »eigne[n], innerliche[n], [...] nur allzuwohlbekannte[n] Gefühl« getrieben (DKV III, S. 162).
Wie sehr die Erzählung mit der intimen Konfiguration experimentiert, zeigt sich daran, dass die Marquise ebenso wie ihre Familie in der Stadt und auf dem Land nur im isolierten privaten Raum gezeigt werden. Andererseits verweigert der Erzähler eine Innensicht und lenkt die Aufmerksamkeit auf Gestik, Mimik, Dialoge und Kommentare. Auffällig ist die durchgängige Metaphorik der Jagd und insbesondere des Militärischen, mit der indirekt das gewaltbereite männliche Ver-

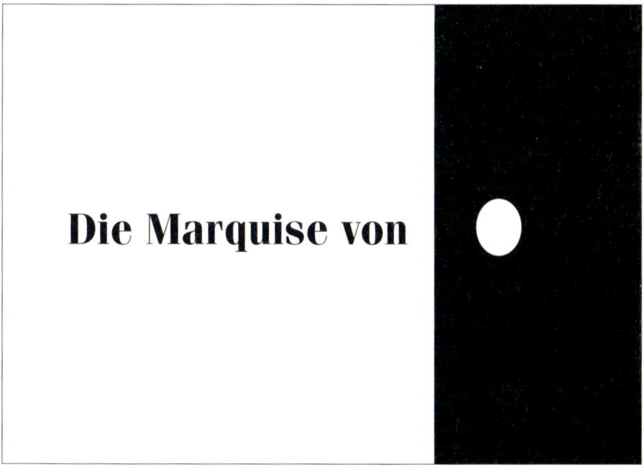

Rosemarie Trockel: *Die Marquise von O.* (aus einem Video von 1993)

halten im intimen Umgang präsent gehalten wird. Aber auch die Marquise scheint sich dieser Logik zu beugen, wenn sie ihre Kinder als »ihre liebe Beute« betrachtet. Ihre zeitweilige Befreiung aus der väterlichen Autorität wird in einer häufig zitierten Formulierung, nach der sie sich durch eine »schöne Anstrengung mit sich selbst bekannt gemacht« (DKV III, S. 157) habe, zwar angedeutet. Ob sich daran aber ein Emanzipationsprozess anschließt, bleibt fraglich. Dagegen spricht z. B. die wiederum durch einen bedeutsamen Gedankenstrich gekennzeichnete Passage, in der die Mutter mit Wohlgefallen das deutlich inzestuös besetzte zärtliche Versöhnungsfest zwischen Vater und Tochter beobachtet (DKV III, S. 181). Vor allem diese auf Rousseaus *Nouvelle Héloïse* (1761) anspielende Szene hat bei zeitgenössischen Rezensenten Anstoß erregt.

»Dieser Roman ist nicht für dich, meine Tochter. In Ohnmacht! Schamlose Posse! Sie hielt, weiß ich, die Augen bloß zu.« (Mit diesem Epigramm reagierte Kleist ironisch auf die entrüsteten Kritiker. *Phöbus*, 4. u. 5. Stück, April / Mai 1808; DKV III, S. 414)

Während der in seiner Strenge wie in seiner Zuneigung maßlose Vater seine exponierte Position einbüßt, wandelt sich der Graf F… unversehens vom skrupellosen Vergewaltiger zum selbstlosen Verehrer. Die scheinbare Anpassung eines sozial Höhergestellten an den bürgerlichen Verhaltenskodex der Familie wird auch von der zunächst noch widerwilligen Marquise als moralisches Schuldeingeständnis akzeptiert; schließlich verkauft sie sich sogar an ihn. In den Blick kommt dabei auch das von Kleist »differenziert gekennzeichnete soziale Gefüge der Novelle« (Sabine Döring, KH, S. 110). Denn offenkundig machen die Beteiligten, wie schon die Hinrichtung der russischen Soldaten zeigt, ein Interesse an der Bestrafung einzig vom sozialen Status des Täters abhängig.

Unter den Werken Kleists hat besonders die *Marquise* psychoanalytische Deutungsansätze auf sich gezogen, vor allem wegen des Motivs der »Vergewaltigung in Ohnmacht« (Künzel 2003; Pfeiffer 2008, S. 28 f.). Isolierte figurenpsychologische Auslegungen, die das Begehren der Marquise ins Zentrum stellen, folgen im Grunde der ironischen Lektüreanweisung von Kleists Epigramm und unterschätzen häufig die von der Novelle aufgeworfene Thematik sexueller Gewalt.

Das Erdbeben in Chili

D: zuerst unter dem Titel *Jeronimo und Josephe. Eine Scene aus dem Erdbeben zu Chili, vom Jahr 1647*, in: *Morgenblatt für gebildete Stände*, Tübingen, Nr. 217-221, 10.-15. 09. 1807; leicht verändert unter dem gekürzten Titel in: *Erzählungen*, Bd. 1, Berlin 1810.

Die chronologisch gesehen erste Prosaveröffentlichung Kleists ist in den *Erzählungen* als dritter Text eingereiht. Sie veranschaulicht komplexe Beziehungen zwischen Zufall, Verblendung und Gewalt sowie zwischen Gesellschaft, Natur und Religion und ähnelt in ihrem formalen Aufbau einem Triptychon.

Der erste Teil schildert die Rettung eines romantischen, aber nicht standesgemäßen Liebespaares aus einer schier ausweglosen Situation. Die aus einer reichen, sittenstrengen Familie stammende Josephe hatte das verbotene Verhältnis mit ihrem Hauslehrer Jeronimo nach der Entdeckung fortgeführt und ihren Liebhaber noch im Kloster getroffen. Nachdem sie während der Fronleichnamsprozession einen Sohn geboren hatte, wurden beide zum Tode verurteilt. Im Moment von Josephes öffentlicher Hinrichtung in der Stadt gelingt dem zum Selbstmord bereiten Jeronimo durch ein Erdbeben die Flucht aus seiner Gefängniszelle: Eine durch das Naturereignis entstandene »zufällige Wölbung« (DKV III, S. 193) des zusammenstürzenden Gebäudes ermöglicht ihm den Weg in die Freiheit. Im allgemeinen Chaos stößt er auf die ebenfalls dem sicheren Tod entkommene Josephe und den gemeinsamen Sohn Philipp.

Gesellschaftsutopie

Die Wiederherstellung des Glücks der Liebenden wird im mittleren Teil zum Idealbild einer utopischen Gesellschaft erweitert. Sie hat jedoch das allgemeine Unglück zur Voraussetzung. Erst der »Umsturz aller Verhältnisse« (DKV III, S. 209) führt die Überlebenden des Erdbebens in der freien Natur zu einer solidarischen Gemeinschaft zusammen, in der Standesunterschiede und überkommene Moralvorstellungen ihre Geltungsmacht eingebüßt zu haben scheinen. Ikonographisch wird die umfassende Vereinigung zu »*einer* Familie« im Mutter-Tausch sichtbar. Josephe stillt Juan, den Sohn der verletzten Donna Elvire und des Aristokraten Don Fernando, mit denen eine Freundschaft entsteht.

Die Passagen enthalten die ausführlichste Gestaltung des Topos vom wiedergefundenen Paradies, mit dem sich Kleist in seinem Werk immer wieder auseinandergesetzt hat. Hintergrund ist eine geschichtsphilosophische Überlegung, die noch Schillers ästhetische Schriften grundiert. Demnach hat sich die Menschheit von einem ursprünglich glücklichen Naturzustand entfernt, befindet sich gegenwärtig im Zustand der Entfremdung und strebt ihrer Bestimmung nach die Vervollkommnung in einem höheren Naturzustand an. Kleists Variation dieses triadischen Schemas kann als vehemente Kritik des Fortschrittsglaubens gelten. Das die erstarrte bürgerliche Ordnung ablösende arkadische Idyll im Mittelteil steht unter dem Vorbehalt des »Als-ob« und der bloßen dichterischen Phantasie, es folgt der Rückfall in archaische Zustände.

Den dritten Teil der Erzählung bilden die Vorfälle im Verlauf des Dankgottesdiensts, zu dem Jeronimo und Josephe zusammen mit Don Fernando, der ihn begleitenden Donna Constanze und den Kindern in die Stadt zurückkehren. Während das Paar das Erdbeben als Fügung eines liebevoll gerechten Gottes begreift, legt der Chorherr in seiner Predigt das Ereignis gegenläufig aus und prangert gerade Jeronimo und Josephe als Beispiel des von Gott durch das Erdbeben bestraften Sittenverfalls an. Damit gibt er das Signal zur Lynchjustiz in der Kirche. Der darauf einsetzende blinde Gewaltexzess erreicht seinen Höhepunkt in der Ermordung des kleinen Juan, der vom Schuhflicker Pedrillo, der Personifikation einer hysterischen, wahllos nach Sündenböcken suchenden Menge, »bei den Beinen [...] hochher im Kreise geschwungen, an eines Kirchpfeilers Ecke zerschmettert« wird (DKV III, S. 221). Nur der heroisch kämpfende Don Fernando und der kleine Philipp überleben das Massaker.

Gewaltexzess

Mit diesen in der Erzählliteratur des 19. Jahrhunderts kaum mehr wiederholten Gewaltschilderungen hat sich Kleist den Ruf eines gewaltverherrlichenden Autors eingehandelt. Im Prinzip sind die Darstellungen aber funktional auf die Handlung bezogen und als Ausdruck einer die Texte durchziehenden Fortschritts- und Geschichtsskepsis zu begreifen (vgl. Brittnacher 2000).

»Der Anblick so vieler Elenden, als die letztere Katastrophe unter unsern Mitbürgern gemacht hat, soll die Menschenliebe rege machen und uns einen Theil des Unglücks empfinden lassen, welches sie mit solcher Härte betroffen hat. Man verstößt aber gar sehr dawider, wenn man dergleichen Schicksale jederzeit als verhängte Strafgerichte ansieht, die die verheerte Städte um ihrer Übelthaten willen betreffen [...]. Diese Art des Urtheils ist ein sträflicher Vorwitz, der sich anmaßt, die Absichten der göttlichen Rathschlüsse einzusehen und nach seinen Einsichten auszulegen.« (Immanuel Kant 1756 über das Erdbeben von Lissabon; Akademie-Ausgabe Bd. 1, S. 459)

Darauf verweist im *Erdbeben* die Metaphorik des Bebens selbst, in der Erfahrungen umfassender Unsicherheiten verdichtet worden sind (vgl. Hamacher 1994). Drei sich überlagernde Anspielungshorizonte sind dabei auszumachen. Wie auch in den anderen Novellen ist Kleist auf der Stoffebene um historische Authentizität bemüht und hat sich von Berichten eines Erdbebens in Santiago de Chile in der Nacht des 13. Mai 1647 anregen lassen. Aufgerufen wird damit aber zugleich das im kulturellen Gedächtnis Europas gespeicherte erste große Medienereignis, das verheerende Erdbeben von Lissabon am 1. November 1755, das eine anthropologische und wissenschaftshistorische Wende einleitete. Die schlagartige Vernichtung der Stadt gab Anlass zu einer breiten Debatte, ob die von aufklärerischen Gelehrten wie Christian Wolff, Alexander Pope und Gottfried Wilhelm Leibniz verbreitete Doktrin, dass

Das Erdbeben von Lissabon, 1. November 1755. Kupferstich von Johann Caspar Weinrauch, o. J.

ein gütiger Gott die Welt zu unserem Besten eingerichtet habe, überhaupt zutrifft. Voltaire hat diese Position in dem Roman *Candide ou l'optimisme* (1758) zuerst satirisch verarbeitet. Kleist folgt ihm in einer Reihe von Handlungsmotiven. Religiöse und moralische Deutungen der Naturkatastrophe waren danach hinfällig geworden. Die Natur ließ sich nicht mehr auf eine göttliche Ordnung zurückführen, womit der Aufklärung zusehends die ideelle Grundlage entzogen wurde. Im Gegensatz dazu betont Kleist illusionslos die Rolle des Zufälligen am Zustandekommen scheinbar stabiler Ordnungsgebil-
Vgl. S. 23
de. Das einprägsame Bild von der »zufälligen Wölbung« hatte er bereits im November 1800 gegenüber Wilhelmine von Zenge als Symbol für sein eigenes Weltverständnis verwendet. In der Erzählung strukturiert der Zufall das gesamte Geschehen. Wie der dritte Teil zeigt, treffen Natur und Gesellschaft höchstens im Zustand der Gewalt zusammen.

»Unter Zufall ist bei Kleist nicht bloß ein Ereignis zu verstehen, zu dessen Erklärung weder die Gesetze der Mechanik, noch die Regelvorstellungen der Ontotheologie ausreichen, sondern ein irreguläres Zusammenfallen von Ereignissen, die selbst aus dem Zerfall von Regeln resultieren.« (Werner Hamacher über eine zentrale Denkfigur in den Werken Kleists; Hamacher 1993, S. 154)

Schließlich enthält das *Erdbeben* Anspielungen auf den Verlauf der Französischen Revolution. Unschwer ist im mittleren Teil das Traumbild einer Gesellschaft nach den Idealen von *liberté*, *égalité*, *fraternité* zu erkennen, während der letzte Teil den Umschlag revolutionärer Phantasien in ein von Demagogen, Denunzianten und Henkern veranstaltetes Blutbad beschreibt. Ob vor diesem Hintergrund die Adoption Philipps durch Don Fernando eine hoffnungsvolle Perspektive eröffnet, bleibt angesichts dieses im *Findling* erneut thematisierten Familienmotivs zweifelhaft.

Die Verlobung in St. Domingo

D: zuerst unter dem Titel *Die Verlobung* in der Berliner Zeitschrift *Der Freimüthige*, Nr. 60-68, 25.3.-5.4.1811, kurz darauf als Eröffnungstext der *Erzählungen*, Bd. 2, Berlin: Realschulbuchhandlung [G. A. Reimer] 1811.

Als einziger literarischer Text Kleists greift die Erzählung direkt einen zeitgeschichtlichen Konflikt im Kontext der Französischen Revolution auf. Die Handlung spielt in der Endphase der seit 1791 andauernden Befreiungskämpfe der schwarzen haitischen Sklaven gegen die französische Herrschaft. Napoleons Versuch, die reiche Überseekolonie durch eine Invasion zurückzugewinnen, endete 1803 mit einem Sieg der Aufständischen unter Jean-Jacques Dessalines, einem Gefährten des im gleichen Jahr auf dem Fort de Joux gestorbenen berühmten Revolutionsführers Toussaint Louverture. Vgl. S. 39

Kleist variiert in dieser Novelle eine Reihe von Handlungsmustern, die aus anderen Werken bekannt sind. Wie in der *Penthesilea* oder im *Erdbeben in Chili* wird die heillose Verstrickung von Liebe und Aggression vorgeführt. Wie in der *Familie Schroffenstein* geht es um Verrat und Vertrauen in einer von unversöhnlichen Gegensätzen geprägten Welt. Diese erscheinen in der *Verlobung* in Form einer unüberwindlichen Rassengrenze zwischen Schwarzen und Weißen. Literarisch

Toussaint Louverture in Santo Domingo. Kupferstich, Anfang 19. Jh.

gehört das Thema – die Liebe eines Europäers zu einem Mädchen aus der Neuen Welt und der Verrat an ihr – in die Tradition des in der deutschen Erzählliteratur durch Christian Fürchtegott Gellerts gleichnamige Verserzählung bekannt gewordenen Inkle-und-Yariko-Motivs.
Der im Dienst der Franzosen stehende Schweizer Gustav von der Ried führt 1803 seine Verwandten auf der Flucht nach Port-au-Prince durch den von Aufständischen besetzten Teil Haitis. Auf der nächtlichen Suche nach Hilfe stößt er in einem Anwesen auf die »Mulattin« Babekan und ihre als »Mestize« bezeichnete Tochter Toni, die einen französischen Kaufmann zum Vater hat, der Babekan einst verführt und verleugnet hatte. Beide Frauen leben im Haus des abwesenden Congo Hoango, einem vom Erzähler wegen seiner Rachsucht gegen die Kolonialisten als »fürchterlicher alter Neger« (DKV III, S. 222) bezeichneten Partisanen unter Dessalines. Gustavs Misstrauen gegenüber den Frauen schwindet, als er sich in die wegen ihrer Hautfarbe ethnisch nicht eindeutig bestimmbare Toni verliebt. Er stellt eine »wunderbare Ähnlichkeit« mit seiner treuen Verlobten Mariane Congreve fest, die in Frankreich für ihn auf dem Schafott gestorben war. Nach einer gemeinsamen Nacht mit Toni macht er ihr Marianes goldenes Kreuz zum Brautgeschenk.

> »Toni fragte: wodurch sich denn die Weißen daselbst so verhaßt gemacht hätten? – Der Fremde erwiderte betroffen: durch das allgemeine Verhältnis, das sie, als Herren der Insel, zu den Schwarzen hatten, und das ich, die Wahrheit zu gestehen, mich nicht unterfangen will, in Schutz zu nehmen; das aber schon seit vielen Jahrhunderten auf diese Weise bestand!« (*Die Verlobung in St. Domingo*, DKV III, S. 233)

Die zunehmende Identifikation Tonis mit dem ihr von Gustav angebotenen Rollenbild als weiße Frau und die Auseinandersetzung mit ihrer Mutter Babekan, die nach wie vor alle Weißen an die Aufständischen ausliefern will, bilden den zweiten Teil der Erzählung. Die Situation spitzt sich im letzten Teil mit der Rückkehr Congo Hoangos zu. Zum Schein stellt sich die von ihrer Mutter schon als Verräterin verdächtigte Toni auf seine Seite und fesselt den entsetzten Gustav. In der Nacht holt sie aber dessen in einem Versteck wartende Verwandte und verhilft ihnen zum Sieg über Congo Hoangos Truppe und zur Befreiung Gustavs. In dem Wahn befangen, von ihr verraten worden zu sein, tötet dieser aber die »Hure«, noch bevor seine Verwandten ihn über Tonis Einsatz für die Weißen aufklären können. Daraufhin jagt »Gustav sich die Kugel [...] durchs Hirn. Sein zerschmetterter Schädel »hing, da er sich das Pistol in den Mund gesetzt hatte, zum Teil an den Wänden umher« (DKV III, S. 259). Dieses Ende hat zu Spekulationen darüber geführt, ob Kleist in der Erzählung seine wenige Monate nach deren Publikation auf ähnliche Weise erfolgte Selbsttötung vorher bereits literarisch inszeniert hat.

Vgl. S. 56

Rassenproblematik

Irritierend an der Novelle ist der offene Rassismus des Erzählers, der gleich zu Beginn den Befreiungskampf auf die Stereotype »als die Schwarzen die Weißen ermordeten« (DKV III, S. 222) reduziert und das »Geschlecht der Weißen« gegen den »Stamm der Negern« (DKV III, S. 233) setzt. Er rührt damit an europäisch-zivilisatorische Kollektivängste vor dem Anderen. Zudem wirkt die Erzählung auf der Motivebene durch eine subtile Lichtregie zwischen Hell und Dunkel, mittels deren vordergründig eine moralische Wertung der Figuren nach ihrer jeweiligen Hautfarbe unterstützt wird.

Gustav ist eine Spielfigur des Erzählers. Die gewohnten Machtverhältnisse sind außer Kraft gesetzt, der Kolonialist wird selbst zum »Fremden«, der sich in einer von Verstellung geprägten Gastsituation zurechtfinden muss. Die auffällige Händemetaphorik ist Ausdruck einer trügerischen Versöhnlichkeit der Körpersprache, deren Entzifferung Gustavs näheres Interesse an Toni leitet. Sie erscheint ihm ganz im Sinne Schillers als »anmutig«, ohne dass er diesen Eindruck mit letzter Gewissheit bestätigt bekommt. Die zentrale Fußbadszene (vgl. DKV III, S. 235) verdeutlicht, wie sehr sich Gustav von sexistischen Verfügungsphantasien eines weißen Offiziers leiten lässt. Auch gegenüber Toni bleibt er einem rassistischen Denken verhaftet, das zum tragischen Irrtum führt.

Hinreichendes Material für den Rassismus problematisierende Auslegungen bietet das Ende kaum. Tonis vorbehaltlose Liebe zu Gustav geht einher mit ihrer Anerkennung der Wertvorstellungen der »höheren« weißen Kultur. Der Übertritt erscheint durchweg als Aufstieg innerhalb einer Hierarchie der Kulturen. Dennoch provoziert die Erzählung – quasi als zeitbedingt einzige Möglichkeit der Relativierung eurozentristischer Einstellung – Widerstände gegen die überwiegend einseitige Sicht des Erzählers sowie Gustavs. Diese zeigen sich zum einen in den beiläufig in Nebensätzen untergebrachten Leidensgeschichten der Sklaven Babekan und Congo Hoango. Zum anderen durchbricht die Novelle punktuell und »explizit den Schein des kausalen Erzählens« (Reuß 2010, S. 280). Exemplarisch geschieht dies in der unvermittelten anagrammatischen Ersetzung von »Gustav« durch »August« (DKV III, S. 253, 257), die in früheren Kleist-Ausgaben als Fehler korrigiert wurde, seit der textgenauen Wiedergabe nach dem Erstdruck in der Brandenburger Kleist-Ausgabe (BKA, Bd. II/4, 1988, S. 76, 83 f.) aber als Bestandteil der Erzählung diskutiert wird.

Widerständige Erzählmomente

Das Bettelweib von Locarno

D: *Berliner Abendblätter*, 11. 10. 1810; leicht verändert in: *Erzählungen*, Bd. 2, Berlin 1811.

Zwanzig Sätze benötigt Kleist für seine Gespenstergeschichte in der Tradition der durch Horace Walpoles *Castle of Otranto* (1764) begründeten Gothic Novel. Allerdings tritt die für dieses Genre bis dahin übliche moralisierende Behandlung des Übersinnlichen deutlich zurück hinter Kleists Interesse an den Elementen einer »Ästhetik des Horrors« (Brittnacher 1994, S. 83-90).

Die grobe Bemerkung eines Marchese löst den tödlichen Sturz eines in seinem Schloss untergekommenen Bettelweibs aus. Jahre später versucht der inzwischen verarmte Adlige sein Schloss zu verkaufen – vergeblich, weil es im Zimmer, in dem der Vorfall geschah, spukt. Bei seinen Nachforschungen verfällt der Marchese dem Wahnsinn und kommt in dem von ihm selbst in Brand gesetzten Anwesen um.

Setzt man das Bettelweib mit dem Gespenst in eins, so erscheint dieses als Instanz einer überirdischen Gerechtigkeit, welche die Mitleidlosigkeit und die ungerechten Besitzverhältnisse der Ständegesellschaft anklagt. Die Erzählung geht aber nicht so ohne Weiteres in ihrem sozialen Gehalt auf. Weder der Erzähler noch die Figuren bringen die einleitende Begebenheit mit dem unheimlichen Geschehen in Verbindung. Es bleibt dem Leser überlassen, diese Lücke zu schließen. Wie der Marchese ist auch er auf der Suche nach einem rationalen Grund für den Spuk und unterstellt der Geschichte einen Sinnzusammenhang. Die Rache steht in keinem angemessenen Verhältnis zur Schuld, wie es die Konvention der lehrhaften Gespenstergeschichte vorsieht.

Schuld und Rache?

»[...] wo gibt es in unserer ganzen poetischen Literatur etwas Verzweiflungsvolleres als die kleine fast epigrammatisch-grausenhafte Erzählung vom *Bettlerweibe von Locarno*?« (Joseph von Eichendorff 1846; zit. nach DKV III, S. 857)

Schließlich ist auf der Mikroebene eine Reihe semantischer Unstimmigkeiten und grammatischer Verstöße zu registrieren, die auf ein Versagen der Sprache vor einem nirgends in einer Gestalt auftretenden Gespenst hindeuten. Die Versuche des Marchese zur intellektuellen Bewältigung der Vorgänge scheitern in dem Moment, in dem eine Kreatur, der Hund, durch seine Reaktionen die Existenz eines der Erkenntnis unzugänglichen Phänomens bekräftigt.

Bewahrung des Phantastischen

Der novellistischen »unerhörten Begebenheit« mangelt es an Plausibilität, weil die Erzählung auf eine Bewahrung des unbegreiflich Phantastischen und seiner verstörenden Wirkung zielt. In dieser Hinsicht ist Kleists Erzählung nicht nur innerhalb der Gespensterliteratur von besonderer Radikalität. Sie resümiert auch die im 18. Jahrhundert unter Beteiligung prominenter Philosophen wie Immanuel Kant breit geführte Debatte um die Grenzen der Vernunft, um Furcht und Aberglauben im Prozess der Aufklärung.

Der Findling

D: *Erzählungen*, Bd. 2, Berlin 1811.

Kleists »Erzählungen ohne Moral« (Marx 1994) erreichen in dieser düsteren Novelle ihren Höhepunkt. Die Geschichte um den Waisenjungen Nicolo lässt keinerlei hoffnungsvolle Momente außerhalb der Zwangsgewalt, unter der die Figuren eigentümlich mechanisch agieren, mehr zu. Die uneinheitliche Erzählweise, die Unstimmigkeiten in den Handlungsabläufen, die schon aus anderen Dramen und Novellen bekannte strukturierende Funktion von »Zufällen« und »Vorfällen« finden sich auch in dieser Novelle. Sie thematisiert eine Erscheinung des von der Moralphilosophie der Zeit nur unzureichend erfassten grundlos Bösen (Brittnacher 2000, S. 336) und legt damit die andere, dunkle Seite zentraler aufklärerischer Leitvorstellungen von Familie, Ehe, Kindheit, Mitleid, Aufrichtigkeit, Physiognomik und Erziehung offen.

Kehrseite der Aufklärungsideale

»Was ist *böse*? *Absolut böse*? Tausendfältig verknüpft u verschlungen sind die Dinge der Welt, jede Handlung ist die Mutter von Millionen andern, u oft die schlechteste erzeugt die beßten – Sage mir, wer auf dieser Erde hat schon etwas Böses gethan? Etwas, das böse wäre in *alle Ewigkeit fort* –?« (Kleist an Wilhelmine von Zenge, 15. August 1801, DKV IV, S. 259 f.)

Auf einer Geschäftsreise verliert der römische Kaufmann Piachi seinen aus erster Ehe stammenden Sohn Paolo durch die Pest, weil Piachi aus »Mitleid« dem erkrankten Waisenkind Nicolo geholfen hatte. Nach Nicolos Genesung adoptieren »der Alte« und seine mehr als dreißig Jahre jüngere zweite Frau Elvire den Jungen. Er erhält eine Ausbildung in den Geschäften seines »Vaters«, mehr und mehr offenbart Nicolo aber mit seiner Bigotterie und Triebhaftigkeit bedenkliche Eigenschaften. Dennoch wird er vorzeitig Erbe des gesamten Vermögens, nachdem er als 20-Jähriger die Nichte seiner »Mutter«, Constanza, geheiratet hat, die bald darauf im Wochenbett stirbt. Nicolo, der zum Missfallen Piachis auch während seiner Ehe seinen Lastern nachgegangen war, entwickelt in der Folgezeit gegenüber der »treuen, trefflichen« (DKV III, S. 268) Elvire eine verdeckte Leidenschaft. Er glaubt diese von ihr erwidert, als er gewahr wird, dass ein von ihr insgeheim angebeteter »Colino« die »logogriphische Eigenschaft seines Namens« (DKV III, S. 277) aufweist. Nicolo muss aber erfahren, dass es sich dabei nur um eine zufällige Übereinstimmung handelt. Elvire trauert um einen Ritter dieses Namens, der ihr als Mädchen bei einem Brand das Leben gerettet hatte und dabei umgekommen war. Daraufhin fasst Nicolo einen »satanischen Plan« (DKV III, S. 279): In der Maske des Ritters versucht er, die ohnmächtige Elvire zu vergewaltigen, wird aber von Piachi entdeckt. Als dieser ihn verbannen will, beruft sich Nicolo auf den ihm überlassenen Besitz und wirft Piachi aus dem Haus. Nach dem Tod Elvires infolge der Ereignisse rächt sich Piachi an ihm, indem er Nicolo »das Gehirn an der Wand« eindrückt und ihm »das Dekret«, dass die Überschreibung seines Besitzes bestätigt, »in den Mund stopft« (DKV III, S. 281). Vor seiner Hinrichtung verweigert er die Absolution, um Nicolo in der Hölle weiterverfolgen zu können.

Intertextuelle Bezüge

Im *Findling* greift eine Vielzahl von Anspielungen auf eigene Werke sowie auf Werke der literarischen Tradition ineinander. Mit der fatalen Adoptionsgeschichte wird das hoffnungsvolle Schlussszenario im *Erdbeben* zunichtegemacht. Fragwürdig ist damit auch ein aufklärerisches Axiom, dem zufolge das Verdienst an die Stelle der Geburt zu rücken hat; exemplarisch vorformuliert von Saladin in Lessings *Nathan der Weise* (1779): »das Blut allein / Macht lange noch den Vater nicht«. Sichtlich erfährt Kohlhaas' Rachefeldzug in Piachis eruptivem Ausbruch eine Steigerung. Die Doppelexistenz des Grafen F… in der *Marquise* findet in Nicolo eine Fortsetzung, wobei hier die Vergewaltigung als geplante Tat den Endpunkt der Verdorbenheit darstellt. Anders als in der *Verlobung* ist im *Findling* das Namensspiel eine wichtiges Element der Handlung. Zu den literarischen Vorläufern Nicolos gehört der Erbschleicher Tartuffe in Molières gleichnamiger Komödie von 1664. Schließlich sind Bezüge zu einem der zentralen Romane der Gothic Novel, zu Matthew Gregory Lewis' *The Monk* (1796), nachweisbar, in dem der Titelheld mittels seiner ungezähmten Triebhaftigkeit vom Satan gelenkt wird.

Neben dem Erzähler, der sich auf den »höllischen Bösewicht«

»Kleist [...] hätte eigentlich eine ungemeine Anlage, so ein zweiter Dante zu werden, so eine Lust hat er an aller Quälerei seiner poetischen Personen.« (Achim von Arnim an die Brüder Grimm, Berlin, 3. September 1810; LS, Nr. 395a)

(DKV III, S. 281) konzentriert, darf das Erscheinungsbild der Kleinfamilie nicht übersehen werden. Mit seinem Sensorium für Verfallsgeschichten dieser Art hat schon Thomas Mann, der unter den Erzählungen Kleists den *Findling* neben dem *Kohlhaas* »künstlerisch am höchsten« bewertet wissen wollte, entsprechende Hinweise gegeben. Er machte auf Elvires »permanenten seelischen Ehebruch« durch ihren »sittlich nicht einwandfreien geheimen Liebeskult« aufmerksam (Mann 1982, S. 508), der deutlich nekrophile Züge trägt.

Aber auch der scheinbar redliche Piachi ist beileibe keine Personifikation der Lessing'schen Maxime, der zufolge der »mitleidigste Mensch der beste Mensch« ist. Bei Bedarf wechselt der alternde Patriarch die Mitglieder seiner Familie umstandslos aus. Elvire, mit deren Vater er »Handelsverbindungen« pflegt, tritt an die Stelle einer namentlich gar nicht mehr genannten ersten Frau. Nicolo soll Paolo als Erben ersetzen, um den Anschein einer intakten Familienordnung zu wahren. Innerhalb der Familie selbst herrscht ein beredtes Schweigen wie sonst nirgendwo in Kleists Erzählungen. Elvires Mädchengeschichte wird bezeichnenderweise vom Erzähler nachgeliefert. Das Motiv der Sprachlosigkeit korrespondiert mit den verschlossenen Zimmern, den geheimen Schlüssellochblicken Nicolos sowie der Schlüsselgewalt des eifersüchtigen Hausvaters. Die vor allem um den Bereich des Sinnlichen kreisenden Praktiken des Belauerns, Versteckens und Verstellens widersprechen deutlich der Vorstellung von der Familie als Keimzelle der Empfindsamkeit. Man könnte Nicolo daher insofern als Opfer betrachten, als ihm, der über keinerlei Gefühlskultur verfügt, auch keinerlei Möglichkeiten geboten werden, diese dort auszubilden, wo sie gemeinhin ihren Ursprung haben soll.

Motiv der Sprachlosigkeit

Allerdings – und darin darf man die bittere Pointe der Novelle vermuten – ist Nicolo von Beginn an als eine über die aufklärerischen Familiendiskurse hinausweisende Figur konzipiert. Als »Gottes Sohn« sowie in seiner »besondern, etwas starren Schönheit« (DKV III, S. 266) trägt er himmlische und luziferische Züge zugleich. Als Figur des radikal Fremden hält er denjenigen, die es mit ihm zu tun bekommen, den Spiegel vor (Földenyi 1999, S. 170).

Die heilige Cäcilie oder die Gewalt der Musik (Eine Legende)

D: *Berliner Abendblätter*, Nr. 40-42, 15.-17.11.1810; erheblich veränderte und erweiterte Fassung in den *Erzählungen*, Bd. 2, Berlin 1811.

Der Text wurde ursprünglich als »Taufangebinde für Cäcilie M.« verfasst. Kleist gehörte am 16. November 1810 zu den Taufpaten der Tochter von Adam Müller, mit dem ihn seit der Dresdener Zeit 1807 eine schwierige Freundschaft verband. Der heimlich zum Katholizismus konvertierte Müller hatte seine Tochter aus der Ehe mit Sophie von Haza in Berlin protestantisch taufen lassen. Dieser Umstand sowie die offenbar bewusst auf die Legende von der heiligen Cäcilie, der Schutzpatronin der Musik, anspielende Namensgebung bilden die Kernidee zu Kleists Musik-Erzählung. Sie hat ähnlich wie das *Bettelweib* die unerklärlichen Folgen eines Vergehens zum Thema.

Vgl. S. 41 f.

Zur Zeit der Reformation kommen im katholischen Aachen vier Brüder aus den Niederlanden wegen einer Erbschaftsangelegenheit zusammen. Nachdem sie niemanden angetroffen haben, diese zu regeln, fassen sie, angeheizt von Vorfällen in den Niederlanden, den Plan, der Stadt »das Schauspiel einer Bilderstürmerei zu geben« (DKV III, S. 287). Am Fronleichnamstag suchen sie zur Zerstörung der falschen Heiligtümer mit einem bewaffneten Haufen das Kloster der heiligen Cäcilie auf, wo von den Nonnen unter der Leitung der überraschend von einer schweren Krankheit genesenen Schwester Antonia eine alte italienische Messe aufgeführt werden soll.

Welche Folgen dieses überwältigende Musikerlebnis für die Brüder hatte, wird dann retrospektiv aus dem Blickwinkel der Jahre später nach ihren verschollenen Söhnen suchenden Mutter erzählt. Sie erhält wiederum drei Versionen: Von den Vorstehern des Irrenhauses, in dem ihre Söhne ein »geisterartiges«, stummes und nur durch rituelles Singen unterbrochenes Leben führen; von Veit Gotthelf, dem einstigen Mitstreiter und jetzigen angepassten, wohlhabenden Bürger, der als Augenzeuge für die Verwandlung der Brüder samt ihrem »schauderhaften und empörenden Gebrüll« (DKV III, S. 303) keine Erklärung findet; schließlich legt die Äbtissin des Klosters die »ungeheure[.] Begebenheit« (DKV III, S. 297) als ein später vom Erzbischof und vom Papst bestätigtes Wunder der heiligen Cäcilie aus, die in Gestalt der todkranken Antonia damals selbst die Messe geleitet haben soll.

Erzählt wird von der Entstehung einer nicht nur im Titel, sondern auch in der Erzählung selbst ausdrücklich so bezeichneten »Legende« (DKV III, S. 313) in Form einer Legende, insofern in der *Cäcilie* selbst nur Versionen des Geschehens gegeben werden, aber keine verbürgende Wahrheit (Christine Lubkoll, KH, S. 138). Sind die Brüder durch die Musik als Medium der göttlichen Offenbarung bekehrt worden, oder hat sie der »Schrecken der Tonkunst« (DKV III, S. 311) zu einem psychiatrischen Fall gemacht? Ist der Zustand, in den sie »bei Anhebung der Musik [...] plötzlich« (DKV III, S. 299) verfallen, deutbar, oder bleibt er unlesbar? Fragen wie diese werden bereits durch das sowohl verbindende als auch alternierende »oder« im Titel provoziert, mit dem das Verhältnis zwischen dem religiösen und musikalischen Diskurs der Erzählung in der Schwebe gehalten wird.

Die heilige Cäcilie. Gemälde von Carlo Dolci, 1671

Thomas Manns Bemerkung, Kleist zeige sich in der *Cäcilie* im Kontrast zur negativen Wertung der katholischen Kirche im *Erdbeben* und im *Findling* »fromm« (Mann 1982, S. 510), lässt sich kaum bestätigen. Die Äbtissin, die die »Partitur« als Reliquie bewahrt und auf einem Sessel mit »Drachenklauen« thront, weiß den Vorfall strategisch zur Restituierung der bedrohten kirchlichen Macht zu nutzen. Äußerungen Kleists aus dem Jahr 1801 über seine vermeintliche Hinwendung zur Katholizismus sind wenig aussagekräftig.

Vor dem Hintergrund von Kleists musikalischer Begabung und musiktheoretischen Interessen erscheint es hingegen plausibel, die Novelle als eine kritische Auseinandersetzung mit der frühromantischen Musikästhetik zu verstehen (Lubkoll 1994; Stefan Börnchen, KH, S. 262 ff.). Zu den Quellen von Kleists Erzählung dürfte Wilhelm Heinrich Wackenroders *Berlinger*-Novelle von 1797 gehören, in der die Musik zur neuen Kunstreligion erhoben wird und auch die von Herder wiederentdeckte Cäcilien-Legende eine Rolle spielt. Neben Wackenroder haben auch Tieck und Novalis entsprechende musikpoetische Vorstellungen vertreten. Sie laufen auf die Idee einer »absoluten Musik« hinaus, als ein zwischen Verstand und Empfindung vermittelndes und – anders als die begriffliche Sprache – unmittelbar wirkendes Ausdruckssystem.

Vgl. S. 17 f.

Frühromantische Musikästhetik

»[…] ich betrachte dise Kunst [die Musik] als die Wurzel, […], als die algebraische Formel aller übrigen, und so wie wir schon einen Dichter haben – mit dem ich mich übrigens auf keine Weise zu vergleichen wage – der alle seine Gedanken über die Kunst, die er übt, auf Farben bezogen hat, so habe ich von einer frühesten Jugend an, alles Allgemeine was ich über die Dichtkunst gedacht habe, auf Töne bezogen.« (Kleist an Marie v. Kleist, Mai 1811; DKV IV, S. 485)

Mit dem Verweis auf die »weibliche[.] Geschlechtsart dieser geheimnisvollen Kunst« (DKV III, S. 289) setzt Kleist ein erstes ironisches Zeichen gegen dieses hoch ambitionierte männliche Konzept der romantischen Musik. Gelöst aus einem kulturellen Ordnungsgefüge wie der Religion, wird das mitternächtlich von den Brüdern intonierte *Gloria in excelsis* zum »schauderhaften und empörenden Gebrüll« (DKV III, S. 303), das den völligen Verlust der bürgerlichen Identität nach sich zieht und im Wahnsinn mündet. An den Brüdern wird damit die dunkle Seite der frühromantischen Musikvorstellung veranschaulicht. Musik kann dem Titel zufolge unterschiedliche

Formen von »Gewalt« ausüben. Sie kann offensichtlich eine Erhabenheitserfahrung hervorrufen, die weder von Kants Vernunft-Ästhetik des Erhabenen abgedeckt wird noch mit der Utopie einer durch die Sprache der Musik möglichen Verzauberung der Welt übereinstimmt.

Der Zweikampf

D: *Erzählungen*, Bd. 2, Berlin 1811.

Der Stoff zu der Novelle entstammt einer in den mittelalterlichen *Chroniques* des Jean Froissart überlieferten Anekdote über eine Ehrverletzung, die in Kleists *Berliner Abendblättern* Nr. 43/44 vom 20./21. Februar 1811 neu bearbeitet unter dem Titel *Geschichte eines merkwürdigen Zweikampfs* (DKV III, S. 383-385) erschienen war. Ob Kleist selbst Bearbeiter dieser Version war, ist aufgrund fehlender Zeugnisse bislang nicht eindeutig zu klären. Den dramatischen Effekt des Zweikampfmotivs hat Kleist in seinem Werk häufig genutzt (vgl. Ulrich Ott, KH, S. 300 ff.). Auffallende Parallelen zu der Bedeutung als Gottesgericht in der Novelle bestehen zu einer Szene im *Käthchen* (V.1).

Mit dem *Zweikampf* beschließt Kleist den im August 1811 erschienenen zweiten Band der *Erzählungen*. Während die Novelle aufgrund ihrer verwirrenden Handlungsführung lange Zeit nur als Nebenprodukt galt, wird sie heute als eine Art literarisches Vermächtnis verstanden: Die in nahezu allen Prosatexten beobachtbare Infragestellung in sich geschlossener Erzählwelten wird im *Zweikampf* gleichsam auf die Spitze getrieben (Reuß 1994, S. 28; Neumann 1998, S. 236). Kleist findet dabei Gestaltungsmittel, die in vergleichbarer Form für die Literatur der Postmoderne wieder interessant geworden sind.

Vielfalt von Erzählmustern

Im *Zweikampf* sind Erzählmuster einer Mord- und Kriminalgeschichte mit einer Liebes- sowie einer Duellgeschichte verbunden. Die Rahmenhandlung der »gegen Ende des vierzehnten Jahrhunderts« spielenden Erzählung bildet die Suche nach dem Mörder des Herzogs von Breysach, der auf dem Rückweg von Erbverhandlungen mit dem Kaiser durch einen Pfeil tödlich verwundet worden war. Die Nachforschungen seiner Frau Katharina führen zum Halbbruder des Herzogs, dem Grafen Jacob der Rotbart, der den Pfeil anfertigen ließ. Die Anklage vor dem kaiserlichen Reichsgericht in Basel wird jedoch niedergeschlagen, weil Rotbart ein Alibi hat. Er behauptet, die Tatnacht heimlich mit der verwitweten Littegarde von Auerstein verbracht zu haben. Damit schwenkt die Erzählperspektive abrupt auf das Schicksal dieser der Marquise von O.... nicht unähnlichen Frauengestalt über. Durch einen von Rotbart vorgelegten Ring kompromittiert, wird die umworbene Littegarde von ihren Brüdern aus dem Haus gejagt. Sie erhält jedoch Unterstützung von ihrem selbstlosen Verehrer Friedrich von Trota, der ihrer verzweifelten Versicherung glaubt, den Rotbart nie empfangen zu haben. Vor dem Reichsgericht erhebt Trota Anspruch auf ein »Gottesurteil«, das im »ehrlichen ritterlichen Zweikampf« (DKV III, S. 329) zwischen ihm und Rotbart ermittelt werden soll. Daraus entspringen zwei neue Erzählschwerpunkte: zunächst die ausführliche Darstellung des Kampfrituals, das mit dem Sieg des Rotbart über den durch einen »heillose[n] Fehltritt« (DKV III, S. 336) unterlegenen Trota endet; sodann die Auseinandersetzungen um die Auslegung des Kampfausgangs. Denn der Umstand, dass Trota, dem zusammen mit Littegarde die Todesstrafe wegen eines »sündhaft angerufenen göttlichen Schiedsurteils« (DKV III, S. 336) droht, sich später von seinen schweren Verwundungen erholt, während der zunächst nur leicht verletzte Rotbart durch einen »Eiterfraß« (ebd.) dahinsiecht, lässt Zweifel an der göttlichen Präsenz im Zweikampf aufkommen: »Wo liegt die Verpflichtung der höchsten göttlichen Weisheit, die Wahrheit im Augenblick der glaubensvollen Anrufung selbst, anzuzeigen und auszusprechen?« (DKV III, S. 336)

Die Erzählung reagiert auf die aufgeworfene Problematik durch einen erneuten Themenwechsel. Dieser wird ironisch durch eine auktoriale Regiegeste des »Man muß nämlich wissen« eingeleitet (DKV III, S. 343). In deutlicher Kolportagemanier werden in der Folge nicht nur die widersprüchlichen Aussagen der Beteiligten, sondern auch die ursprüngliche Mordtat aufgeklärt. Rotbart und Littegarde sind laut eingeschobenem Bericht beide Opfer einer verschlagenen Kammerzofe geworden, die Rotbart durch Briefe nachts ins Schloss gelockt und, verschleiert als ihre Herrin sich ausgebend, ihm den Ring übergeben hatte. Angesichts seines nahen Todes gesteht Rotbart als betrogener Betrüger schließlich doch den Mord an dem Herzog von Breysach. Den Schlusspunkt der Erzählung setzt der Kaiser, der eine durch den Fall veranlasste Schriftkorrektur vornimmt und die Statuten des Zweikampfs durch den Zusatz »wenn es Gottes Wille ist« ändert, dadurch im Grunde aber auch die Widersinnigkeit der Vorstellung eines Gottesurteils offenlegt.

Die Gegenüberstellung von Gottesurteil und menschlichem Gesetz bildet ein Zentrum der Erzählung. Innerhalb der Literaturgeschichte des Duells nimmt Kleists Novelle eine Sonderstellung ein, da es ihm offenkundig nicht in erster Linie um Konflikte im Rahmen gesellschaftlicher Ehrvorstellungen ging. Im Rechtsinstitut des mittelalterlichen Gottesentscheids, des Ordals, erscheint vielmehr das fundamentale Wahrheitsproblem noch als »Wahrheitsspiel«. Kleists »Mittelalter-Phantasma« ist entgegen dem häufig kulissenhaften Gebrauch dieses Topos in der Romantik durchaus ernst zu nehmen (Müller 1998, S. 6; Hans Jürgen Scheuer, KH, S. 191).

Am Beispiel eines solchen Ordals demonstriert Kleist den kulturell bedeutsamen Umschlag von Providenz in Kontingenz. Die Vorstellung der Einwirkung höherer Mächte, zumal in der Rechtsfindung, ist eine Selbsttäuschung angesichts eines selbst gesetzten und daher höchst fragilen Ordnungsgefüges. Entschieden wird der Kampf rein zufällig durch Trotas Stolpern, später dann durch seine robuste Physis sowie durch das Versagen der ärztlichen Heilkunst gegenüber Rotbarts Wunde. Die glückliche Aufklärung des »Rätsels« ist einer Erzählstrategie geschuldet, die sich bewusst gegen das gottgleich allwissende Erzählen wendet. Stattdessen hält die Erzählung ihren Konstruktcharakter präsent. Man könnte z. B. die auffällig detaillierte Beschreibung des mörderischen Pfeils und die mehrfache Hervorhebung seines »gedrechselt[en]« Stiels (DKV III, S. 316) daraufhin deuten: als ein gegen die Genieästhetik der Zeit gerichtetes Symbol für die kunsthandwerklichen, materiellen Aspekte des zielgerichteten, aber nicht abschließbaren literarischen Produktionsprozesses (Reuß 2010, S. 345 ff.).

Konstruktcharakter des Erzählens

Essays

Kleist hat sich nur sporadisch mit den ästhetischen Voraussetzungen seines Schreibens auseinandergesetzt. Anders als etwa bei Schiller fügen sich seine Überlegungen nicht zu einer Theorie, »wenngleich doch einigen seiner Texte durchaus ein ästhetisches Programm zu Grunde liegt« (Georg Mein, KH, S. 247). Über das engere Werk hinaus werden dabei Umrisse einer kulturellen Anthropologie erkennbar. Die Schwierigkeit, aber auch der Reiz dieser Texte liegt darin, dass sie nicht diskursiv argumentieren, sondern selbst wiederum mit ästhetischen Mitteln arbeiten.

Exemplarisch ist hierfür die in den *Berliner Abendblättern* erschienene Schrift *Über das Marionettentheater* (DKV III, S. 555-563). Das dort wiedergegebene Gespräch zwischen zwei Männern ist auf einer Ebene als eine Polemik auf das Berliner Theater und als Reaktion auf das Verbot der Theaterberichterstattung zu lesen. Auf einer zweiten Ebene kreisen dieses Rahmengespräch und die drei Binnenerzählungen über den Marionettentanz, die bekannte antike Statue des Dornausziehers – die Kleist zu seiner Zeit im Louvre besichtigen konnte – und einen fechtenden Bären um den Begriff der Grazie bzw. Anmut. Damit läuft der Text auf eine Auseinandersetzung mit einem zentralen Begriff der Ästhetik Schillers hinaus, an den weitreichende geschichtsphilosophische Spekulationen geknüpft waren (Beil 2006). Während Schiller die anmutige Gestalt als höchste Form des moralischen Subjekts feiert, entwickelt der Text exakt die Gegenposition: Grazie ist nur im Zustand einer von moralischen Erwägungen völlig unabhängigen Reflexionslosigkeit oder nach einem dubiosen »Durchgang durch das Unendliche« möglich (DKV III, S. 563). Auf einer dritten Ebene werden diese Behauptungen durch das Spannungsverhältnis zwischen Rahmenhandlung und Binnengeschichten unterminiert bzw. ironisiert. Wegen dieser demonstrativen Verweigerung einer eindeutigen Lektüre hat die Schrift in der Literaturtheorie als Fallgeschichte für die »Allegorien des Lesens« besondere Beachtung gefunden (de Man 1988).

»Über das Marionettentheater«, vgl. S. 53

In ähnlicher Weise komplex ist der ebenfalls in den *Abend-*

»Doch das Paradies ist verriegelt und der Cherub hinter uns; wir müssen die Reise um die Welt machen und sehen, ob es vielleicht von hinten irgendwo wieder offen ist.« (*Über das Marionettentheater*; DKV III, S. 559)

»Empfindungen vor Friedrichs Seelandschaft«, vgl. S. 53

blättern publizierte kurze kunsttheoretische Essay *Empfindungen vor Friedrichs Seelandschaft* (DKV III, S. 543). Dabei handelt es sich um eine völlig umgearbeitete Version eines Aufsatzes von Clemens Brentano und Achim von Arnim über die Ausstellung von Caspar David Friedrichs Gemälde *Mönch am Meer* in der Berliner Kunstakademie im Herbst 1810. Kleist nimmt Friedrichs Bruch mit den Konventionen der Landschaftsmalerei zum Anlass, wie schon in der *Cäcilien*-Novelle nach neuen Formen des Erhabenen in der Kunst zu fragen. Durch ungewöhnliche Darstellungsmittel der Reduktion und Flächenhaftigkeit sowie fehlende bildinterne Rahmungen verweigert das Bild dem Betrachter die Erhabenheitsgefühle angesichts einer dargestellten Natur und macht das Sehen selbst zum Thema. Wie der Figur des einsamen Kapuziners im Bild geht der Betrachter vor dem Bild nicht in einer Naturanschauung auf. Eingenommen und überwältigt wird er stattdessen von den Anstrengungen, dem düsteren »Nichts« mit dem eingeübten sehnsuchtsvollen Blick zu widerstehen. Durch diese Bedrohung der ästhetischen Selbstbehauptung wirkt das Bild, »als ob Einem die Augenlider weggeschnitten wären« (DKV III,

Der Mönch am Meer. Gemälde von Caspar David Friedrich, 1809

S. 543). Nicht nur mit dieser Metapher, sondern in der gesamten Erörterung führt Kleist vor, wie man den von Friedrichs Gemälde evozierten neuartigen »Sehvorgang im Medium der Sprache vergegenwärtig[en]« kann (Janz 2003, S. 142).

Die *Abendblätter* enthalten darüber hinaus eine Reihe anderer Texte mit poetologischer Ausrichtung. Dazu gehören die *Unwahrscheinlichen Wahrhaftigkeiten* (DKV III, S. 376-379). Der Text ist wie die *Marionettentheater*-Schrift mittels gegenläufiger Rahmen- und Binnenerzählungen aufgebaut und handelt über experimentelle Erzählverfahren, wie sie Kleist seit dem *Michael Kohlhaas* erprobt hat. Im *Brief eines Dichters an einen anderen* (DKV IV, S. 565-567) wird gegen das in der klassischen Ästhetik dominierende Formprinzip ein Ideal sprachlicher Unmittelbarkeit erwogen, das von Kleist auch emphatisch in seinen Briefen beschworen wurde (z. B. DKV IV, S. 313).

»Brief eines Dichters an einen anderen«

Zu den wichtigen Programmschriften Kleists zählt schließlich der Essay mit dem mittlerweile sprichwörtlichen Titel *Über die allmähliche Verfertigung der Gedanken beim Reden. An R. v. L.* (DKV III, S. 534-540). Er ist womöglich in der Königsberger Zeit entstanden, aber erst gegen Ende des 19. Jahrhunderts erstmals publiziert worden. Auch in diesem Essay bestimmt das Thema, die »Hebeammenkunst der Gedanken«, den formalen Aufbau. Am Anfang imaginiert sich der Schreibende, Kleist, einen Adressaten, Rühle, der im Verlauf der monologähnlichen Rede wie ein Statist im Hintergrund verschwindet.

»Über die allmähliche Verfertigung der Gedanken beim Reden« vgl. S. 37

In der Abhandlung wendet sich Kleist gegen die Rhetorik der Aufklärung (vgl. Heimböckel 2003, S. 245). Für die Verfertigung einer Rede sind nicht die Verstandesanstrengungen wichtig, ausschlaggebend ist die Erregung des »Gemüts«, das sich am besten noch durch ein beliebiges Gegenüber bestimmen lässt. Die Dynamik von Affekten ist nicht nur auf der Wirkungsseite anzutreffen, sie dominiert bereits auf der Produktionsseite als Antriebskraft des Denkens im Vorfeld der Sprache. Kleist illustriert seine Vorstellungen mit einer Reihe eher assoziativ miteinander verbundener Beispielerzählungen, deren bedeutendste die Anekdote um die spontane Rede Mirabeaus als Fanal der Französischen Revolution ist. Allerdings beweisen diese Geschichten nicht unbedingt den titelgebenden »Erfahrungssatz«, sie dienen eher der Aufladung des Schreibenden. Die sprachkritischen Überlegungen stellen am Ende sogar die Konstitutionsbedingungen der modernen Wissenskultur insgesamt in Frage: »Denn nicht *wir* wissen, es ist allererst ein gewisser *Zustand* unsrer, welcher weiß.« (DKV III, S. 540)

Kleists Kommunikationsideal

Reden, Schreiben ist Kleist zufolge nicht in erster Linie auf einen kommunikativen Austausch ausgerichtet, sondern erzielt häufig genug Machteffekte. In gewisser Weise liefert der Essay somit auch einen Lektüreschlüssel für viele der bekannt gewordenen Briefe Kleists, deren Adressaten oftmals von seiner »Gedankenfülle« überwältigt gewesen sein dürften.

Wirkung

Kleist-Diskurse

Person und Werk Kleists wurden durch die unterschiedlichsten Ideologien vereinnahmt. Vorstellungen vom reaktionären Junker, Kriegstreiber oder Revolutionär haben ihre Grundlagen im Werk aber nur insofern, als die Texte vielfach durch »Leerstellen« gekennzeichnet sind. Sie haben nicht nur die produktiven Rezeptionsformen angeregt, sondern sind vielfach durch literaturexterne und ideologisch geprägte Sichtweisen aufgefüllt worden (Theisen 2003, S. 112).

Mythisierende Tendenzen entwickelten sich im 19. Jahrhundert erstmals rund um die Lebens- und skandalträchtigen Todesumstände des Mitglieds einer angesehenen preußischen Familie. Mit Ausnahme des trivialromantisch zurechtgestutzten *Käthchens von Heilbronn* führte das Werk selbst dagegen lange Zeit ein »Schattendasein im Bewusstsein der Öffentlichkeit« (Lütteken 2004, S. 117). Geschätzt wurde es im 19. Jahrhundert überwiegend in Schriftstellerkreisen, von Ludwig Tieck, E. T. A. Hoffmann, Heinrich Heine bis hin zu Theodor Storm und Theodor Fontane. Dieser hatte zwar den *Homburg* missbilligt, parodierte aber in *Effi Briest* die spießbürgerliche *Käthchen*-Rezeption, indem er die Holunderbuschszene als Polterabendstück in die Romanhandlung integrierte.

Lebensmythos

Vgl. S. 81

Große Aufmerksamkeit wurden Autor und Werk erst am Ende des 19. und in der ersten Hälfte des 20. Jahrhunderts zuteil, also im »Zeitalter der Extreme« (Eric Hobsbawm). Es lassen sich zwei nicht immer trennscharf voneinander abgrenzbare Diskurskomplexe unterscheiden, die in unterschiedlicher Gewichtung Wirkung und Rezeption bestimmt haben.

Seit dem letzten Drittel des 19. Jahrhunderts wurden die Person Kleists und ein Teil des Werkes für nationale Zwecke, später dann für die nationalsozialistische Propaganda instrumentalisiert. Konkurrierend dazu stieg Kleist mit den kulturellen Bewegungen um 1900 bis zur Weimarer Republik zum »Leitbild moderner Dichter« auf (Blamberger 1995, S. 27). Übergänge zwischen einem deutschnationalen und einem modernen Kleist-Bild waren nicht ausgeschlossen. Dennoch bemerkte bereits 1911 ein Kritiker: »Es ist, als gäb es zwei Dichter mit dem Namen.« (NR, Nr. 237)

Nach 1945 fanden sich ähnliche Ambivalenzen in der Kleist-Rezeption der DDR wieder, wo das Bild Kleists zwischen dem der offiziellen Kulturpolitik und der sich herausbildenden künstlerischen Subkultur geteilt blieb. In der BRD entstand nach dem Ende der fatalen politischen Vereinnahmungen von rechts erst ab Ende der 1960er Jahre ein spürbar neues Interesse an Kleists Werk.

Nationale und nationalsozialistische Rezeption

Für die affirmative politische Rezeption ist eine eindimensionale und stark selektive Sicht auf Leben und Werk kennzeichnend. So erklärte Wilhelm II. den *Prinzen von Homburg* zu seinem Lieblingsstück, störte sich aber an der »fatalen Feigheitsszene« (in III/5) und verlangte ihre Streichung (NR, Nr. 584). Beliebt war die Aufführung einzelner Schlachtszenen, insbesondere an nationalen Feiertagen.

Kleist im Deutschen Kaiserreich

Nach der nationalen Einigung von 1871 wurde Kleist für das deutsche Selbstbild entdeckt. Herkunft und Lebenslauf kamen der neuerlichen Idealisierung der preußischen Armee als Strukturmodell einer militarisierten Gesellschaft entgegen. Aus der Biographie des »preußischen Junkers« ließ sich zudem die Figur des tragisch Gescheiterten herausziehen, dem durch die Geschichte im Nachhinein doch noch höhere Gerechtigkeit widerfahren ist.

Eine Dynamisierung des »Kleist-Mythos« (vgl. Lütteken 2004, S. 151 ff.) und seine Verlagerung aus dem Privaten ins Politische erfolgte vor allem durch die Rezeption der *Herrmannsschlacht* und des *Kohlhaas*. Mit der Einweihung des Hermannsdenkmals 1875 verfügte das kurz zuvor gegründete Deutsche Reich über einen mythologischen Erinnerungsort. Im gleichen Jahr wurde Kleists Stück erstmals in Berlin aufgeführt. Im Zusammenhang mit dem im Kaiserreich florierenden Personenkult um den Reichskanzler Bismarck, der wie Hermann unnachgiebig die Einheit der Deutschen vorangetrieben haben soll, stieg das Interesse an der *Herrmannsschlacht* als nationalem Drama.

Gleichsetzungen zwischen Biographie und Werk sind für die

nationalen Deutungen des *Michael Kohlhaas* kennzeichnend. Der Außenseiter Kleist erschien wie Kohlhaas – eine Symbiose zwischen treudeutschem Michel und »Märtyrer des Rechtsgefühls« (NR, Nr. 677) – wegen seiner Unbeugsamkeit gegenüber mächtigen Gegnern als zeitgenössischer Held. Gerade in nationalen Krisenzeiten hatten Kohlhaas/Kleist als Symbolgestalten Konjunktur, so auch am Ende und nach dem Ersten Weltkrieg und dann erneut im Zweiten Weltkrieg.

Für die Nationalsozialisten war Kleist der »erste und größte Dichter im neuen Deutschland« (zit. nach Werber 2006, S. 158). Das Kleist-Bild wurde entlang seiner politischen literarischen und publizistischen Texte ab 1808 zurechtgeschnitten. Das problematische Verhältnis gegenüber dem Militär blieb jedoch ausgespart, ebenso die Kant-Krise. Bei der institutionellen Durchsetzung dieses Bildes spielte die 1920 gegründete und 1945 untergegangene Kleist-Gesellschaft eine unrühmliche Rolle: »Zu Kleist stehen heißt deutsch sein!« (NR, Nr. 441) Unter ihrem Vorsitzenden Georg Minde-Pouet diente sie sich früh den neuen Machthabern an.

Propagandaplakat nach Kleists *Prinz Friedrich von Homburg* von Hans Schweitzer, 1940

Von den Werken stand anfangs die *Herrmannsschlacht* im Zentrum. Allein in der Spielzeit 1933/34 fanden 146 Aufführungen statt. Das Stück wurde sehr bewusst als »Gründungsmythos des Dritten Reichs« in Szene gesetzt und fungierte als ästhetische Legitimation des aggressiven Nationalismus und der Einstimmung auf Krieg und totale Mobilmachung.

1936 wurde auf Anordnung des Propagandaministers Joseph Goebbels der 125. Todestag Kleists im ganzen Land mit Theatervorstellungen und Schulveranstaltungen begangen. In der Arbeiterstadt Bochum fand eine zentrale »Kleist-Woche« mit Vorträgen, Rezitationen und der Aufführung aller Stücke statt. Die Darbietungen waren Teil einer ausgefeilten Kampagne, mit der das nationalsozialistische Kleist-Bild über die Kanäle

»Ich dachte neulich, was geschähe, wenn heute die Penthesilea erschiene. Eine Frau, die einen Mann liebt, Achill, ihn tötet und mit den Zähnen zerreißt! Zerfleischt! Sind wir denn Hunde, nein, wir sind Germanen! Perverser Adliger wagt seine vertierte Brunst Germanenfrauen vorzusetzen! Degenerierte Offiziers- und Junkerskaste besudelt mit schmutzigen Orgasmen keusches deutsches Heldenweib! Usw. Kurz: Kleist lebte nicht lange.« (Gottfried Benn in einem Brief 1936; NR, Nr. 28c)

von Radio, Bühne, Film und Presse als »völkisches Kulturgut« durchgesetzt werden sollte (vgl. Stiftung Schloss Neuhardenberg 2008). Dazu gehörten Verfilmungen der »leichten« Lustspiele Kleists: *Amphitryon* kam 1935 mit dem Untertitel »Aus den Wolken kommt das Glück« in die Kinos. Banalisierend war auch die Filmversion des *Zerbrochnen Krugs* 1937 mit Emil Jannings in der Rolle des Dorfrichters Adam. Hinzu kamen Aufführungen des *Krugs* im Rahmen einer 1936 durchgeführten Tournee der »Reichsautobahnbühne«, einer Vorform des Fronttheaters. Inszeniert wurden diese beiden Lustspiele auch für das sogenannte Grenzlandtheater. Bekannt sind überdies spätere Aufführungen des *Krugs* in besetzten Gebieten, z. B. in Vilnius und Krakau.

Die *Herrmannsschlacht*, der *Homburg* oder der *Kohlhaas* dienten der propagandistischen Vorbereitung und Begleitung des Kriegseinsatzes. Dabei ging es kaum mehr um Lektüren oder Aufführungen. Vermittelt wurden stattdessen einprägsame Botschaften und Parolen, die aus entstellten Zitaten gebildet wurden.

Leni Riefenstahl

Den hohen Stellenwert Kleists innerhalb des nationalsozialistischen Kulturbetriebs belegen schließlich Pläne der Regisseurin Leni Riefenstahl zu einem *Penthesilea*-Film, wobei es ihr vermutlich in erster Linie um ihre eigene Rolle, um Körperkult und wehrhafte Amazonen zu tun war. Darüber hinaus plante Riefenstahl eine Verfilmung des Lebens Kleists. Beide Projekte kamen wegen des Kriegsausbruchs nicht zustande. Trotz mancher Ansätze (vgl. Martin Maurach, KH, S. 427) steht eine systematische Untersuchung des Komplexes »Kleist im Nationalsozialismus« nach wie vor aus.

Literarische Moderne

Um die Jahrhundertwende avancierte Kleist zu einer Projektionsfigur in den Auseinandersetzungen um den schillernden Begriff der Moderne, den viele Autoren in den kulturellen Zentren von Berlin bis Wien für sich reklamierten. So notierte Thomas Mann 1911: »kleistisch […], – was aber nur heißen will: modern« (zit. nach Martin Roussel, KH, S. 417).

Zeitlich parallel zur nationalistischen Rezeption und Betonung kultureller Kontinuität zur preußischen Geschichte entdeckten die Avantgardebewegungen zwischen ca. 1880 und 1920 Kleist als den Dichter der Umbruchszeit, wie etwa der Naturalist Otto Brahm in seiner 1884 erschienenen Kleist-Biographie. Als ein »Dichter für die Dichter« wurde Kleist zum Vorbild eines radikalen Traditionsbruchs. In seinem Leben fand man soziale Randstellung und Außenseiterposition als Erfahrungen modernen Schriftstellertums widergespiegelt. Robert Walsers Skizze über *Kleist in Thun* (1907) hatte in dieser Hinsicht programmatischen Charakter, weil sie den Dichter gegen die national-preußische Inanspruchnahme demonstrativ in einer gesellschaftlichen wie geographischen Peripherie verortete. Vgl. S. 29 f.

Mit zunehmender Distanzierung von Goethe und Schiller stieg Kleist neben Hölderlin und Büchner zu den »Schlüssel-

Penthesilea. Lithographie von Max Slevogt, 1905 / 06

figuren des sich wandelnden deutschsprachigen Literaturkanons« auf (Lütteken 2004, S. 5). Wie viele der um 1880 Geborenen zählte Alfred Döblin Hölderlin und Kleist zu den »Göttern meiner Jugend« (NR, Nr. 623b). Eingeleitet wurde diese Neuausrichtung durch Nietzsche, der dem Anti-Klassizismus der Moderne die Richtung gewiesen hatte.

In der Betrachtung des Werkes Kleists verlagerte sich die Gewichtung: An die Stelle des *Käthchens* und der national okkupierten *Herrmannsschlacht* rückte die bis dahin vom Theater weitgehend ignorierte *Penthesilea*. Zum Gedenkjahr 1911, in dem eine breite Öffentlichkeit neben dem nationalen erstmals auch mit einem modernen Kleist-Bild konfrontiert wurde, kamen in Berlin gleich zwei *Penthesilea*-Inszenierungen von Paul Lindau und Max Reinhardt zur Aufführung. Vor allem die Inszenierung Reinhardts erzeugte nachhaltige Wirkung und erschloss Kleist dem modernen Theater. Eine nicht zu unterschätzende Bedeutung hatten dieses Drama und das neue Kleist-Bild für die Selbstverständigung unter den Autoren und Künstlern des expressionistischen Jahrzehnts, wie Georg Heym oder Klabund. Kleist war ihnen Zeitgenosse im Leiden an der Gesellschaft, in der Abkehr von Traditionen und vor allem als ästhetischer Provokateur. Rückblickend schrieb Gottfried Benn 1933 in seinem *Bekenntnis zum Expressionismus*, »›Penthesilea‹ ist eine dramatisch geordnete, versgewordene Orgie der Erregung« (NR, Nr. 628b).

Vgl. S. 74 ff.

»Es ist freilich möglich, daß seine Zeit noch kommt, wie die Zeit Hölderlins kam – nicht die Zeit der Anerkennung und Wirkung ... die ist schon da – sondern die Zeit seiner Verkörperung, Volkswerdung: die Zeit, da sein Wort und Wille nicht nur in die Gedanken und Stimmungen, sondern in Fleisch und Blut einer Gemeinschaft übergeht. Kleist hat mehr Bewunderer, Verehrer, Nachahmer als Hölderlin, doch er hat keinen einzigen Jünger oder Erben.« (Friedrich Gundolf über die Zukunft der Kleist-Rezeption; Gundolf 1922, S. 8)

Auf die Figur der von dunklen Kräften getriebenen Penthesilea berief sich eine Reihe von Studien zur mutmaßlichen psychopathologischen Persönlichkeitsstruktur Kleists. Das Psychopathologische wurde dabei aber nicht nur negativ verstanden, sondern galt als Bestandteil genialer Kreativität. Unter dem Schlagwort von »Kleists heiliger Krankheit« wurde mit wissenschaftlichen Mitteln der Mythos des Schöpferischen neu begründet. Von der Vielzahl der hiervon inspirierten Kleist-Monographien ist diejenige von Friedrich Gundolf von 1922 hervorzuheben. Gundolf urteilte einerseits negativ über die »gegenwärtige Kleist-Schwärmerei«, plädierte andererseits aber für eine Aufnahme Kleists in den strengen Dichterkanon des George-Kreises, dem er nahestand (vgl. Anett Lütteken, KH, S. 423 f.).

Franz Kafka

Einer der berühmtesten dieser »Kleist-Schwärmer« war Franz Kafka, der am 11. Dezember 1913 in Prag zu wohltätigen Zwecken eine öffentliche Lesung aus seinem Lieblingswerk *Michael Kohlhaas* veranstaltete (NR, Nr. 421a). Die vielen Parallelen zwischen Kleist und Kafka sind schon von den Zeitgenossen bemerkt worden. Sie betreffen in den Werken Themen wie Rechtskonflikte, Familienkonstellationen, Ordnungszusammenbrüche sowie die grundsätzliche Reflexion der Sprachproblematik. Frappierende Ähnlichkeiten zeigten sich überdies bei den Strategien in der brieflichen Kommunikation, insbesondere in den Briefen an die jeweilige Verlobte. In neuerer Zeit hat man Kafkas Werk auch als eine »nach innen gewendete Fortschreibung« Kleists verstanden, wodurch die von diesem »nicht ausgeschriebenen Leerräume des Ichs« neu erfasst wurden (Genazino 2009, S. 21).

»Kleist bläst in mich wie in eine alte Schweinsblase.« (Franz Kafka an Max Brod, 27. Januar 1911; NR, Nr. 420a)

Mit dem hundertsten Todestag 1911 kam es zu einem ersten Schub des nicht nationalistischen Kleist-Gedenkens. Nach einem von namhaften Autoren – darunter Hugo von Hofmannsthal, Arthur Schnitzler und Walther Rathenau – unterzeichneten Aufruf wurde eine vom S. Fischer Verlag getragene Kleist-Stiftung gegründet und ein Kleist-Preis ausgelobt. Von 1912 ab wurde dieser erste deutsche Gegenwartsliteraturpreis verliehen, u. a. an Hans Henny Jahnn, Bertolt Brecht, Robert Musil und zuletzt 1932 an Else Lasker-Schüler und Richard Billinger.

In der Weimarer Republik waren der renommierte Kleist-Preis und seine Träger zusehends nationalchauvinistischen und antisemitischen Angriffen ausgesetzt. Im Geburtsgedenkjahr 1927 startete eine Zeitung eine Umfrage unter Intellektuellen mit dem Titel »Wie stehst du zu Kleist?« (NR, Nr. 467) und spielte damit auf die Dominanz politischer Einstellungen im literarischen Feld an.

Nach 1933 verschwand das von den Vertretern der literarischen Moderne entworfene Kleist-Bild aus dem von den Nationalsozialisten besetzten öffentlichen Raum. Im Jahr der Machtergreifung ließ Lion Feuchtwanger in seinem Roman *Die Geschwister Oppermann* den jüdischen Gymnasiasten Berthold Oppermann an einem antisemitischen Lehrer scheitern, der ihm einen Schulvortrag zur Bedeutung der Hermannsfigur für die Deutschen aufzwingt. Am Ende nimmt sich Berthold unter Berufung auf den gegen die ungerechten Verhältnisse aufbegehrenden Michael Kohlhaas das Leben.

»Sein Degen ist noch neben ihm: in Stücken
Tot ist er nicht, doch liegt er auf dem Rücken:
Mit allen Feinden Brandenburgs im Staub.«
(Bertolt Brecht, *Über Kleists Stück »Der Prinz von Homburg«*, Brecht 1988, S. 173)

Im Exil opponierte Brecht, der Kleist-Preisträger von 1922, noch einmal gegen die nationalsozialistische Beschlagnahmung des Dichters. 1939 veröffentlichte er das Sonett *Über Kleists Stück »Der Prinz von Homburg«*. Das Lehrgedicht beschreibt die Verwandlung eines tüchtigen Preußen zur Marionette der Machthaber.

Kleist-Revisionen

Literatur, Bühne und Film

Im Deutschland der Nachkriegszeit blieb Kleist präsent. In der Bundesrepublik war er mit dem *Homburg*, dem *Kohlhaas* und den Anekdoten einer der »meistgelesenen Schulautoren« (Joachim Pfeiffer, KH, S. 470 f.), und in der DDR gab es vonseiten der offiziellen Kulturpolitik erhebliche Anstrengungen zur sozialistischen Umcodierung von Autor und Werk.

»Aber gerade indem wir [...] die Betrachtungsweise des historischen Materialismus auf Kleist und sein Werk anwenden, werden wir zu einer anderen Auffassung im ganzen und in vielen Einzelheiten geführt. Dichtungen wie der *Zerbrochne Krug* und *Michael Kohlhaas* konnte niemand schaffen, der in seinem Herzen ein preußischer Junker geblieben war.« (Heinrich Deiters in seiner Einleitung zu der im Ost-Berliner Aufbau-Verlag erschienenen Kleist-Ausgabe von 1955; Deiters 1955)

Kohlhaas-Rezeption in der BRD

Zu einer eigentlichen Wiederentdeckung Kleists kam es hüben wie drüben aber erst infolge der gesellschaftlichen Umbruchstimmung Ende der 1960er Jahre. Hierbei spielten im Westen zunächst politische *Kohlhaas*-Adaptionen eine wichtige Rolle. Angestoßen wurden sie u. a. von Ernst Bloch, der in seiner Schrift *Naturrecht und menschliche Würde* (1961) die These vom »Querulanten« entwickelt hatte. Kohlhaas' »Rechtsleidenschaft« (Bloch) hatte kollektivsymbolische Dimensionen, weil sie für viele Fälle und Formen der individuellen Auflehnung gegen staatliche Willkür zutraf. Die Kohlhaas-Erfahrung wurde zu einem »vielfältig handhabbaren Mythos der Alltagsrede« (Bogdal 1981, S. 7). Bis heute taucht dieser neue Kohlhaas-Mythos nicht nur als variables Handlungsmuster in Literatur und Film auf, sondern findet auch in der Sprache der Medien und der Politik Verwendung.

Plakat zu Volker Schlöndorffs Film *Michael Kohlhaas – Der Rebell*, 1969

Im historischen Abriss zeigten sich die Auslegungsmöglichkeiten, aber auch die Brisanz der Figur erstmals in den Kontroversen um die Legitimität des Engagements. So aktualisierte Volker Schlöndorff *Kohlhaas* in seiner Verfilmung von 1969, indem er dokumentarische Aufnahmen aus der Studentenrevolte einarbeitete. In der Folgezeit gehörte die Figur des Kohlhaas zu den Vorbildern der anarchistischen Bewegungen und wurde gegen Ende der linksextremistischen

Phase auch in die Diskussionen um die Wurzeln des Terrorismus hineingezogen.

Internationale *Kohlhaas*-Rezeption

Neue Aspekte gewann der amerikanische Autor E. L. Doctorow der Figur des Kohlhaas in seinem für die internationale Rezeption wichtigen Roman *Ragtime* ab (1974; verfilmt von Miloš Forman 1981). Im Zentrum des zweiten Teils des Romans steht die Geschichte des Coalhouse Walker Jr., die als Folie für die Thematisierung von Rechtsbeugung und Rassismus in den USA dient.

»Dieses empfindliche, äußerst verletzbare und leicht verletzte Rechtsgefühl hindert weder Kohlhaas noch moderne Weltverbesserer, sondern treibt sie eher dazu, zu Mitteln ähnlicher Qualität zu greifen. Beide bedienen sich der Mittel des Terrors. Beide stimmen überein in den von ihnen ausgewählten Kampfmethoden und in der willkürlichen Auswahl ihrer Opfer.« (Der Jurist Horst Sendler, in den 1980er Jahren Präsident des Bundesverwaltungsgerichts, in einem Vortrag über Michael Kohlhaas; Sendler 1985, S. 24)

Für eines der beiden schwer belasteten Dramen zeichneten sich bald nach dem Krieg günstige Rezeptionsbedingungen ab. Bereits 1951 hatte Jean Vilar den *Prinzen von Homburg* mit Gérard Philipe in der Titelrolle und Jeanne Moreau als Natalie in Avignon auf die Bühne gebracht und Kleist damit in Frankreich bekannt gemacht. Es folgten Aufführungen in Paris und Gastspiele in Deutschland. Die Annäherung an das preußische Stück gelang durch eine »dezidiert unpolitische Inszenierung« (Martin Roussel, KH, S. 438), in der in existentialistischer Manier das Verhältnis des Einzelnen zur gesetzten Ordnung im Mittelpunkt stand. Direkten Einfluss hatte Vilars Inszenierung auf Ingeborg Bachmanns Libretto für Henzes *Homburg*-Oper, wobei sie die militärisch-politischen Hintergründe zurückdrängte und die im *Homburg* bewahrten subjektiv-utopischen Momente hervorhob.

Peter Stein und Botho Strauß

Damit war der Boden bereitet für Peter Steins und Botho Strauß' *Kleists Traum vom Prinzen Homburg* (Premiere am 4. November 1972 an der Berliner Schaubühne). In der Titelvariante klang bereits eine Akzentverschiebung an, mit der

Stein/Strauß die Zeitstimmung nach 1968 einfingen. Politische Haltungen verschwanden im ästhetisierten Bühnenraum und in einem Traumspiel, in dem das Ich Kleists über seine Rollenfigur Homburg nach Selbstvergewisserung suchte. Das Stück endete mit einem reglosen Prinzen am Boden, während der abgespaltene Doppelgänger als Puppe in die Schlacht und in den Tod getragen wurde.

Eric Rohmer

Mit dem Theaterereignis wurde Kleists Werk für die »neue Subjektivität« entdeckt. Zu den weiteren Verarbeitungen gehörte Eric Rohmers Erfolgsfilm *Die Marquise von O.* (BRD/F, 1976) mit Edith Clever in der Rolle der Marquise und Bruno Ganz in der Rolle des Grafen. Der wiederum auf die internationale Kleist-Rezeption zurückwirkende Autorenfilm ragt nach Schlöndorffs Film aus einer ganzen Reihe filmischer Umsetzungen heraus. Allerdings folgt Rohmers angeblich werkgetreuer Film in entscheidenden Momenten einem fragwürdigen Deutungsmuster, da die vergewaltigte Marquise durch eine erotisierende Bildsprache charakterisiert wird (Künzel 2003, S. 104). Als Autorenfilme sind auch die in den 1970er Jahren entstandenen Kleist-Filme von Helma Sanders-Brahms einzuordnen. In ihrer filmischen Interpretation *Das Erdbeben in Chili* (1974) wird die Geschichte als sozialer Konflikt zwischen den Indios, von denen Jeronimo abstammt, und den spanischen Kolonisatoren neu erzählt. Im preisgekrönten, aber von der Kritik wenig geschätzten biographischen Film *Heinrich* von

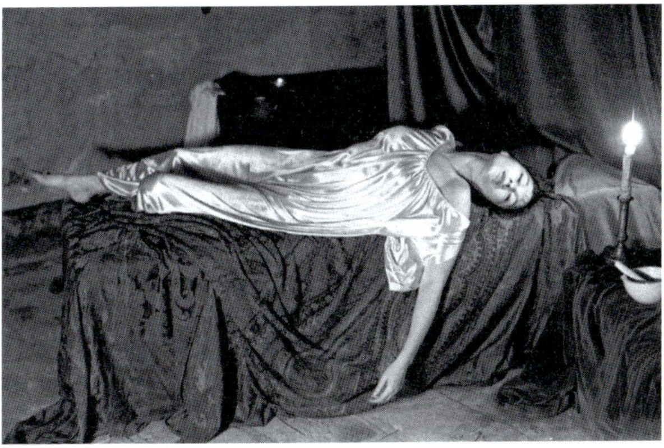

In der Pose von J. H. Füsslis Gemälde *Der Nachtmahr*: Szenenfoto aus Eric Rohmers Film *Marquise von O.*, 1976

1976/77 stehen die Spannungen zwischen Schreiben und Leben im Vordergrund. Es fällt überhaupt auf, dass bis heute keine angemessene filmische Umsetzung des aufregenden Lebens Kleists existiert, wie sie vergleichbar Ariane Mnouchkine mit ihrem Film *Molière* (1978) unternommen hat.

Kleist in der DDR

Etwa zeitgleich zu den Kleist-Entdeckungen im Westen wandte sich die intellektuell-künstlerische Subkultur in der DDR Kleist zu. Gegen die institutionell betriebenen sozialistischen Ehrenrettungen des preußischen Dichters wurde ihnen Kleist zur »Spiegelfigur der Diskrepanz von Werk und Wirklichkeit, Staat/Gesellschaft und Individuum, Utopie und (Real-)Politik« (Norbert Otto Enke, KH, S. 428).

Günter Kunert wandte sich 1975 in seinem *Pamphlet für K.* gegen eine »dogmatische Literaturverkennung« von »krankem« Autor und »gesunder« Gesellschaft (Kunert 1975). Ein Höhepunkt der Kleist-Renaissance im Osten war zweifelsohne Christa Wolfs Erzählung *Kein Ort. Nirgends* (1979), die vom (fiktiven) Aufeinandertreffen der beiden berühmten Selbstmörder Kleist und Karoline von Günderrode (gest. 1806) im Jahr 1804 erzählt. Vor dem Hintergrund der Biermann-Ausbürgerung 1976 thematisiert Wolf im romantisierenden Sprachduktus die Rolle des Künstlers, aber auch die ungleich schwierigere der Künstlerin, in einem einschnürenden System. Wolfs Erzählung hat im Osten wie im Westen zahlreiche einfühlende Kleist-Porträts hervorgerufen, die als Selbstimaginationen häufig die Grenzen zur »verkitschten Außenseiterromantik« überschreiten (Ingo Breuer, KH, S. 432).

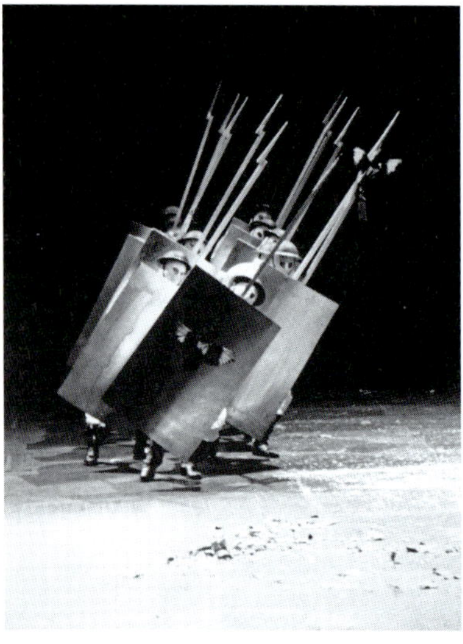

Szenenfoto aus der *Herrmannsschlacht* (1983/84) in der Regie von Claus Peymann am Schauspielhaus Bochum

Heiner Müller interessierte sich in seinen radikaldramatischen Projekten vor allem für *Prinz von Homburg, Michael Kohlhaas* sowie *Der Findling*, wobei es auch ihm auf Schnittstellen zwischen Leben und Werk ankam. In seinem Preußenstück *Leben Gundlings Friedrich von Preußen Lessings Schlaf Traum Schrei* (EA

1979) steht Kleist für eine den Verlauf der deutschen Geschichte kennzeichnende Subjektdeformation als Folge von Fremdzwängen, die in selbstzerstörerische Energien verwandelt wurden.

»Er hat seine Lektion gefressen. So lernt man nur, wenn es ums Leben geht, in Todesangst. In der Gewalt von Mächten, die keinen Zweifel daran lassen, daß sie uns vernichten können, weil in uns selber etwas, das wir nicht kennen wollen, ihnen entgegenkommt. [...] Woher nur die Selbstgewißheit, daß es seine Schuldigkeit ist, jenen Mächten, die mit allen Wassern, auch mit Blut, gewaschen sind, ihren Namen zu entreißen? [...] Und woher, zu gleicher Zeit, sein Ohnmachtsgefühl und der durchdringende Zweifel an seiner Bestimmung? – Ungleicher Kampf.« (Christa Wolf skizziert Kleists Zerrissenheit in ihrer Erzählung *Kein Ort. Nirgends*; Wolf 1983, S. 12)

Claus Peymann

Mit Claus Peymanns furioser Inszenierung der *Herrmannsschlacht*, die am 10. November 1982 in Bochum Premiere hatte, wurde auch das zweite, jahrzehntelang ungespielt gebliebene Problemstück Kleists einer Neudeutung unterzogen. Der Regisseur ließ Herrmann in einem Che-Guevara-Kostüm auftreten und aktualisierte das Stück zu einem Modellfall des »kleinen Krieges« gegen übermächtige Gegner. Aufschlussreich für Peymanns eher assoziativen Umgang mit Kleist war das Streitgespräch zwischen ihm und dem die historischen Sichtweisen favorisierenden Kleist-Forscher Hans Joachim Kreutzer (Peymann/Kreutzer 1984).

Hans Neuenfels

Große Beachtung fand auch Hans Neuenfels' Fassung der als schwer aufführbar geltenden *Penthesilea* (1981). Neuenfels akzentuierte nicht nur den Rollentausch der Geschlechter, sondern brach die begrenzte theatralische Bilderwelt durch den Einsatz audiovisueller Medien auf. Zu erwähnen sind schließlich noch die innovativen Kleist-Deutungen von Jürgen Flimm (*Das Käthchen von Heilbronn*, 1979; *Die Familie Schroffenstein*, 1989) sowie die wegen ihrer pseudoreligiösen Züge sehr umstrittenen Theaterprojekte von Hans-Jürgen Syberberg. Syberberg hat sich zudem mit der Schauspielerin Edith Clever als Alleindarstellerin in zwei filmischen Kammerspie-

Hans-Jürgen Syberberg

len mit Kleists Werk beschäftigt, *Penthesilea* (1988) und *Die Marquise von O....* (1989).

Edith Clever als Penthesilea

Im Verlauf der 1980er Jahre stieg Kleist zu einem der wichtigsten Autoren des deutschen Regie-Theaters auf (vgl. Bäumer/Seibert 1989). Sosehr auch die Inszenierungen voneinander abwichen, so entdeckten sie doch Kleist als einen Autor der Brüche, Paradoxien und Identitätszersetzungen, dessen Werk auf überraschende Weise einer Ästhetik am Übergang zu spätmodernen Lebensformen zu entsprechen schien.

Kleist-Jahr 2011

Eine Wiederentdeckung zeichnet sich für das Kleist-Gedenkjahr 2011 ab. So hat die Regisseurin Andrea Breth im Rahmen der Ruhrtriennale 2009 in ihrer werkgetreuen Inszenierung des *Zerbrochnen Krugs* die Aktualität des Lustspiels herausgearbeitet. Danach haben 2010 die Ruhrfestspiele den »Kontinent Kleist« auszumessen versucht und dabei programmatisch mit einer Inszenierung des Fragments *Robert Guiskard* in der Regie von Frank Hoffmann begonnen. Tatsächlich sind Fragen nach der Bedeutung Kleists für die gesellschaftspolitischen und intellektuellen Debatten der Zeit nach dem Ende der ideologischen Kontroversen um den preußischen Dichter nur allzu berechtigt.

Hörspiel und Musik

Kleists Texte sind in hohem Maße für die akustische Kunstform des Hörspiels geeignet, weil sie in der Regel das Prinzip eines linearen Handlungsganges durchbrechen und Raum für Imaginationen lassen. Arnolt Bronnens früher Bearbeitung des *Michael Kohlhaas* von 1929 folgte eine Vielzahl von Inszenierungen, die zugleich den allgemeinen Wandel der Hörspielästhetik widerspiegeln (vgl. Michael Maurach, KH, S. 458 f.). In der Gegenwart sind die Hörspiele weitgehend von einer Flut von Hörbucheinspielungen abgelöst worden. Besondere Beachtung hat das aus einer Bühnenproduktion hervorgegangene Projekt *Lebensmonolog* (2001) gefunden, in dem sich der

Schauspieler Ulrich Matthes mit Kleists Briefen auseinandersetzt.

Zu den wichtigen musikdramatischen Umsetzungen von Kleists Werk gehört die symphonische Dichtung *Penthesilea* von Hugo Wolf von 1883. Sie leitete die Entdeckung Kleists durch die künstlerische Avantgarde ein. Kleists Werk war und ist insbesondere für die Neue Musik und die Hinwendung zu ästhetischen Experimenten interessant. Neben Hans Werner Henzes *Homburg*-Oper (1960), deren Komposition nicht unbedingt mit Ingeborg Bachmanns Libretto gleichgesetzt werden kann (vgl. Kai Köhler, KH, S. 457), gehört die Einakter-Oper *Der zerbrochene Krug* des jüdischen Komponisten Viktor Ullmann zu den herausragenden Kompositionen nach Kleist. Sie ist unter schwierigen Bedingungen 1941/42 in Prag entstanden.

Hugo Wolf

Hans Werner Henze

Viktor Ullmann

Forschung

Der Kleist-Boom auf den deutschsprachigen Bühnen hatte erhebliche Rückwirkungen auf den wissenschaftlichen und institutionellen Umgang mit Kleist. In den späten 1980er Jahren wurden die editorischen Grundlagen für eine Beschäftigung mit dem Werk entscheidend verbessert (vgl. Hamacher 2005). Die von Helmut Sembdner verantwortete, seit 1961 immer wieder neu überarbeitete Studienausgabe wurde durch zwei weitere Werkausgaben abgelöst. Zwischen 1987 und 1997 erschien die von Ilse-Marie Barth, Klaus Müller-Salget, Stefan Ormanns und Hinrich C. Seeba herausgegebene vierbändige Kleist-Ausgabe mit ausgiebigen Kommentarteilen. Die in der Zeit zwischen 1988 und 2010 von Roland Reuß und Peter Staengle erarbeitete 20-bändige *Brandenburger Ausgab*e rekonstruiert erstmals den gesamten überlieferten Textkorpus Kleists in authentischer Form. Neben der Wiedergabe aller überlieferten Handschriften Kleists in Faksimiles und diplomatischen Umschriften findet sich hier auch der vollständige Text der *Berliner Abendblätte*r und ihrer Quellen. Auf der Grundlage dieser Ausgabe ist 2010 eine dreibändige *Münchner Ausgabe* erschienen.

Editionen

Gleich drei Institutionen bemühen sich um die öffentliche Präsentation Kleists. Eher wissenschaftlich orientiert ist die bereits 1960 gegründete *Heinrich-von-Kleist-Gesellschaft* mit Sitz

Institutionen

in Berlin, die seit 1985 wieder an eine im Nationalsozialismus verschüttete Tradition anknüpft und einen Kleist-Preis vergibt. Preisträger waren u. a. Alexander Kluge, Judith Hermann und Wilhelm Genazino. Das Kleist-Museum im Geburtsort Frankfurt (Oder) wartet als Literaturmuseum mit einer umfangreichen Sammlung und wechselnden Ausstellungen zu Kleist und seinem literaturgeschichtlichen Umfeld auf. Das Kleist-Archiv Sembdner der Stadt Heilbronn ist 1991 aus dem Stadtmarketing der »Käthchenstadt« und dem Nachlass des Kleist-Forschers hervorgegangen und durch einen aufwendigen und aktuellen Webauftritt präsent. Diese Institutionen halten mit Konferenzen sowie ihren jeweiligen Publikationsorganen (*Kleist-Jahrbuch* 1980 ff.; *Beiträge zur Kleist-Forschung* 1974 ff.; *Heilbronner Kleist-Blätter* 1996 ff.) die umfängliche wissenschaftliche Diskussion über Leben und Werk Kleists in Gang.

Kleist im Kanon der Literaturwissenschaften

Insgesamt hat der enorme Zuwachs an Forschungsarbeiten zu einer auch von Experten häufig beklagten Unübersichtlichkeit geführt, die aber in doppelter Weise sachlich begründet ist. Es spricht für das Deutungspotential des quantitativ überschaubaren Werkes, dass es in den letzten drei Jahrzehnten zum bevorzugten Erprobungsfeld aller möglichen Methoden und Paradigmen der literaturwissenschaftlichen Germanistik geworden ist (vgl. KH, Kap. VI). Mehr als bei jedem anderen Dichter der deutschen Literaturgeschichte kommt in der neueren Auseinandersetzung mit den unter dem Namen Kleist rubrizierten Texten aber auch ein sich wandelndes Wissenschaftsverständnis zum Ausdruck. Einsichten in die von der Literatur aufbewahrten komplexen Formen des Wissens sind kaum mehr mit Vorstellungen vom autonomen Werk und genialen Autorsubjekt vereinbar. Weil es keine feste Definition von Literatur gibt, muss sich die Germanistik als eine »ungenaue Wissenschaft« (Jacob Grimm) in praktischen Auseinandersetzungen mit Werken wie demjenigen Kleists stets neu darüber verständigen, was unter Literatur zu verstehen ist.

Jenseits von Kult und Kitsch

Aufgrund der polarisierenden Rezeptionsgeschichten ist Kleist bislang eine Vereinnahmung durch die verschiedenen Auswüchse der materiellen Erinnerungskultur weitgehend erspart geblieben. Es gibt seit 1910 ein Kleist-Denkmal in Frankfurt (Oder) und in Erinnerung an den Schweizer Aufenthalt seit 1983 ein Denkmal in Thun, überdies gibt es Pläne zu einer aufwendigen Restaurierung des Kleist-Grabes am Wannsee. Anders als andere deutsche Dichtergrößen bieten Kleist und sein Werk – mit Ausnahme des *Käthchens von Heilbronn* – aber kaum Ansätze zur touristischen und alltagskulturellen Vermarktung. Wer Monopoly spielt, kann eine Lessing-, Schiller- oder Goethestraße kaufen und verkaufen, aber keine Kleiststraße. Die Straßennamen in den guten Vierteln waren längst vergeben, als man ihn für diese offizielle und subtil wirksame Form des Gedenkens in Betracht zog.

In der professionellen, akademischen Beschäftigung mit Kleist ist hingegen eine gewisse Routiniertheit und Erschöpfung nicht zu übersehen. In der Hoffnung, dass das Paradies »vielleicht hinten irgendwo wieder offen ist« (DKV III, S. 559), möchte man Experten wie Laien zu einem unbefangenen »Zurück zum Text« raten. Auch Theaterpraktiker sollten ein Diktum Kleists nicht unbeachtet lassen, wonach die eigenen Dramen »gut declamiert, eine bessere Wirkung thun, als schlecht vorgestellt« (DKV IV, S. 313).

Kafka liest Kleist. Illustration von Robert Gernhardt, 1997

Anhang

Zeittafel

1777 10. 10.: Bernd Heinrich Wilhelm von Kleist wird in Frankfurt an der Oder als ältester Sohn des Stabskapitäns Joachim Friedrich von Kleist und seiner Frau Juliane Ulrike, geb. von Pannwitz, geboren (nach dem Kirchenbuch 18. 10.). – Kleist hat sechs Geschwister: Friederike, Auguste, Leopold und Juliane. Aus der ersten Ehe des Vaters mit Caroline Louise von Wulffen stammen die Halbschwestern Wilhelmine und Ulrike.

1788 Januar bis Juni: Erziehung bei einem hugenottischen Prediger in Berlin. – 18. 6.: Tod des Vaters.

1792 1. 6.: Eintritt in das Regiment Nr. 15, Garde, in Potsdam.

1793 Februar: Tod der Mutter. – Ab März: Mit dem Regiment Teilnahme am Koalitionskrieg gegen Frankreich.

1795-1797 Juni: Rückkehr nach Potsdam. – Freundschaften mit Ernst v. Pfuel, August Rühle v. Lilienstern, Marie v. Kleist. – März 1797: Beförderung zum Seconde-Lieutenant.

1798 Naturwissenschaftliche und philosophische Studien beim Konrektor Bauer. – Juni: Reise mit Regimentskameraden in den Harz.

1799 4. 4.: Abschied aus dem Militärdienst. – Immatrikulation an der Universität Frankfurt an der Oder. – Ab Herbst: enger Kontakt zur Familie von Zenge.

1800 Frühjahr: Inoffizielle Verlobung mit der Generalstochter Wilhelmine von Zenge in Potsdam. – Sommer: Abbruch des Studiums nach drei Semestern. – August bis Oktober: Reise mit Ludwig von Brockes nach Würzburg. – November/Dezember: Hospitation bei der Technischen Deputation in Berlin.

1801 März: »Kant-Krise«. – April bis November: Bildungsreise mit Ulrike über Dresden nach Paris. – 29. 11.: Rückkehr nach Frankfurt am Main, wo sich Kleist und Ulrike trennen. – Dezember: Reise mit dem Maler Friedrich Lose nach Basel.

1802 Januar: Aufenthalt in Bern. – April: Kleist mietet sich ein Haus auf einer Aare-Insel; schriftstellerische Arbeit. – 20. 5.: briefliche Auflösung der Verlobung mit Wilhelmine. –

August bis Oktober: Ulrike besucht Kleist in der Schweiz; gemeinsame Abreise wegen der politischen Lage. – November/Dezember: In der Schweiz erscheint *Die Familie Schroffenstein*; Kleist in Weimar, Besuche bei Christoph Martin Wieland in Oßmannstedt.

1803 Januar/Februar: Kleist wohnt bei Wieland. – März bis Juli: Aufenthalte in Weimar, Leipzig und Dresden. – Juli bis Oktober: Kleist und Ernst v. Pfuel brechen zu einer Reise über Bern und Thun nach Norditalien auf, zurück über Thun und Genf nach Paris. – Oktober bis Dezember: in Paris Streit mit Pfuel, Lebenskrise und Vernichtung des *Guiskard*-Manuskripts.

1803-1804 Dezember bis April: wegen Krankheit in Mainz bei dem Arzt Georg August Wedekind. – 22. Juni: Audienz im Charlottenburger Schloss. – Juli bis Dezember: Bewilligung des Anstellungsgesuchs im Zivildienst; literarische und politische Kontakte in der Berliner Gesellschaft.

1805 Januar bis April: Arbeit im Finanzdepartement unter Karl Freiherr v. Stein zum Altenstein. – Ab Mai: Reise nach Königsberg zur Fortsetzung der Ausbildung als Diätar an der Kriegs- und Domänenkammer; dort Bekanntschaft mit Gelehrten und Reformpolitikern. – Ab Juni: Ulrike zieht bis zum Frühjahr 1806 zu ihrem Bruder; intensives literarisches Arbeiten.

1806 30. 6.: Kleist bittet Altenstein um Entlassung aus dem Dienst. – Ab August: mehrwöchiger Kur-Aufenthalt im Ostseebad Pillau. – Ab Oktober: Nach Napoleons Sieg gegen Preußen flieht der preußische Hof nach Ostpreußen; in Königsberg trifft Kleist auf Pfuel und Altenstein.

1807 Januar: Reise nach Berlin und Verhaftung durch die französische Besatzung wegen Spionageverdachts. – Februar bis Juli: Transport in die Kriegsgefangenschaft auf die Jura-Festung Fort de Joux bei Pontarlier. – Im Mai erscheint in Dresden *Amphitryon*. Juli: Haftentlassung. – Ab August: Aufenthalt in Dresden, Wiedersehen mit Rühle v. Lilienstern und Pfuel, Freundschaft mit Adam Müller; Kleist verkehrt in der Dresdner Gesellschaft. – September: In Cottas Tübinger *Morgenblatt* erscheint eine erste Fassung des *Erdbebens in Chili*.

1808 23. 1.: Das erste Heft des Journals *Phöbus* erscheint, u. a. mit Beiträgen der Herausgeber Kleist und Müller. – 2. 3.:

misslungene Uraufführung des *Zerbrochnen Krugs* in Weimar unter der Regie Goethes. – März: Finanzkrise des *Phöbus*. – Juli: *Penthesilea* erscheint als Buch im Verlag Cottas. – Ab Oktober: Lesungen der *Herrmannsschlacht* in der Dresdner Gesellschaft; konspirative, antinapoleonische Tätigkeit.

1809 März/April: Auslieferung des letzten *Phöbus*-Doppelheftes und heftiger Streit mit Müller wegen der Verbindlichkeiten; Kleist verfasst politische Schriften und patriotische Kriegslyrik. – 29. 4.: Reise mit Friedrich Christoph Dahlmann über Prag nach Znaim und Besichtigung des Schlachtfeldes von Aspern kurz nach dem Sieg der österreichischen Armee über Napoleon. – Juni bis Oktober: Aufenthalt in Prag, Pläne für eine patriotische Zeitschrift *Germania*.

1810 4. 2.: Kleist lässt sich in Berlin nieder. – 10. 3.: Kleist überreicht Königin Luise ein Widmungsgedicht. – 17. 3.: Uraufführung des *Käthchen von Heilbronn* in Wien. – August/September: aufsehenerregender Streit mit dem Berliner Theaterdirektor Iffland; der erste Band der *Erzählungen* erscheint. – Ab 1. 10.: Die *Berliner Abendblätter* erscheinen, Kleist ist Herausgeber, Redakteur, Autor in Personalunion. – Ab Ende November: Der anfängliche Erfolg der Tageszeitung nimmt nach Zensurmaßnahmen infolge kritischer Artikel rapide ab.

1811 Januar: Verlagswechsel der *Abendblätter* bei stagnierendem Absatz. – Februar: *Der zerbrochne Krug* erscheint als Buchausgabe; Streit mit Staatsminister Hardenberg und dessen Mitarbeiter Raumer wegen der *Abendblätter* – 30. 3.: Die letzte Nummer der *Berliner Abendblätter* erscheint. – April bis Juni: erfolglose Bewerbungen Kleists bei Hardenberg um eine Redaktionsstelle, beim Prinzen Wilhelm sowie beim König um Anstellung im Zivildienst. – August: Der Plan zum Druck des *Prinzen Friedrich von Homburg* scheitert; der zweite Band der *Erzählungen* erscheint. – September: Kleist bittet vergeblich um Wiederaufnahme in den Militärdienst. – Oktober: Auseinandersetzung Kleists mit Geschwistern in Frankfurt an der Oder. – 20. 11.: Kleist und Henriette Vogel, zu der er seit dem Herbst eine enge Verbindung hat, fahren zum »Neuen Krug« am Kleinen Wannsee. – 21. 11.: Am Nachmittag erschießt Kleist seine Begleiterin und anschließend sich selbst.

Bibliographie

Siglen

D: Druck
EA: Erstaufführung

Werkausgaben

DKV: *Heinrich von Kleist. Sämtliche Werke und Briefe in vier Bänden.* Hrsg. von Ilse-Marie Barth, Klaus Müller-Salget, Stefan Ormanus, Hinrich C. Seeba. Frankfurt/M. 1987 ff. (zitiert mit Band, Seitenzahl)
BKA: *Brandenburger [bis 1991 Berliner] Kleist-Ausgabe.* Hrsg. von Roland Reuß und Peter Staengle. 20 Bde. Frankfurt / M./Basel. 1988 ff. (zitiert mit Abteilung/Band, Seitenzahl)
Heinrich von Kleist. Sämtliche Werke und Briefe. Hrsg. von Helmut Sembdner. 2 Bde. 9. Aufl. München 1993
Heinrich von Kleist. Sämtliche Werke und Briefe. Münchner Ausgabe. Auf der Grundlage der Brandenburger Ausgabe. Hrsg. von Roland Reuß und Peter Staengle. 3 Bde. München 2010

Weitere im Text verwendete Siglen

BKB: *Brandenburger* [bis Nr. 4: *Berliner*] *Kleist-Blätter.* Frankfurt /M./ Basel 1988 ff.
Beilage zu BKA mit Aufsätzen und Dokumenten zu Leben und Werk.
KH: *Kleist-Handbuch. Leben – Werk – Wirkung.* Hrsg. von Ingo Breuer. Stuttgart/Weimar 2009
Mit Einzelartikeln namhafter Kleist-Forscher, übersichtlich strukturiert, unverzichtbarer Wegweiser durch die Forschung, zur epochengeschichtlichen Einordnung des Werks sowie ausführlich zu Rezeption und Wirkung.
LS: *Heinrich von Kleists Lebensspuren. Dokumente und Berichte der Zeitgenossen.* Erweiterte Neuausgabe. München 1996 (zitiert mit Dokumentnummer)
Umfassende Sammlung meist kurzer Textausschnitte zu Leben und Werk Kleists vom Taufeintrag bis zu den unmittelbaren Reaktionen auf Kleists Tod.
NR: *Heinrich von Kleists Nachruhm. Eine Wirkungsgeschichte in Dokumenten.* Hrsg. von Helmut Sembdner. Erweiterte Neuausgabe. München 1996 (zitiert mit Dokumentnummer)
Sammlung meist kurzer Textausschnitte zu Kleists Leben und Werk im Urteil der Nachwelt bis zur Mitte des 20. Jahrhunderts.

Kommentierte Auswahlbibliographie

Bisky, Jens: *Kleist. Eine Biographie*. Berlin 2007
Gut geschrieben, skizziert nähere und weitere Kontexte zu Kleists Leben und Schreiben.

Földéni, László: *Heinrich von Kleist. Im Netz der Wörter.* München 1999
Ein Kleist-Wörterbuch, das aus Stichwörtern ein Bedeutungsnetz entwirft und sich an fortgeschrittene Kleist-Leser richtet.

Heimböckel, Dieter: *Emphatische Unaussprechlichkeit. Sprachkritik im Werk Heinrich von Kleists*. Göttingen 2003
Die Studie rückt Kleists Werk erstmals systematisch in den Zusammenhang der literarischen Sprachskepsistradition.

Kittler, Wolf: *Die Geburt des Partisanen aus dem Geist der Poesie. Heinrich von Kleist und die Strategie der Befreiungskriege*. Freiburg 1987
Wichtige Analyse von Kleists Werk vor dem Hintergrund militärischer Diskurse seiner Zeit.

Knittel, Anton Philipp/Kording, Inka (Hrsg.): *Heinrich von Kleist. Neue Wege der Forschung*. Darmstadt 2003
Auswahl wichtiger Einzelbeiträge der neueren Kleist-Forschung.

Kraft, Herbert: *Kleist. Leben und Werk*. Münster 2007
Anregend durch eine Vielzahl essayistischer Skizzen zu Stationen des Lebens und des Werks.

Lütteken, Anett: *Heinrich von Kleist – Eine Dichterrenaissance*. Tübingen 2004
Materialreiche Studie zur Wiederentdeckung und Kanonisierung Kleists im Umkreis der literarischen Moderne seit 1900.

Müller-Salget, Klaus: *Heinrich von Kleist*. Stuttgart 2002
Zuverlässiger und informativer Überblick über Leben und Werk durch einen der Herausgeber der DKV-Ausgabe.

Reuß, Roland: *»Im Freien«? Kleist-Versuche*. Frankfurt/M. / Basel 2010
Detaillierte Werkanalysen eines der Herausgeber der BKA zu Kleists moderner Poetik.

Schulz, Gerhard: *Kleist. Eine Biografie*. München 2007
Umfassende und profunde Darstellung der Lebensgeschichte.

Siebert, Eberhard: *Heinrich von Kleist. Eine Bildbiographie*. Heilbronn 2009
Um viele Dokumente erweiterte Neuausgabe des erstmals 1980 erschienenen Bildbandes.

Staengle, Peter: *Heinrich von Kleist. Sein Leben.* München 1998. 3. erw. Aufl. Heilbronn 2007
Kompakte, faktenorientierte und gut lesbare Lebensbeschreibung durch einen der Herausgeber der BKA.

Weitere Literatur

Alt, Peter-André: *Das ›pathologische Interesse‹. Kleists dramatisches Konzept.* In: Kleist – ein moderner Aufklärer? Hrsg. von Marie Haller-Nevermann/Dieter Rehwinkel. Göttingen 2005. S. 77-89
Bäumer, Rolf/Seibert, Peter: *Kleists Theatertexte als Medienereignis der 80er Jahre.* In: Zeitschrift für Literaturwissenschaft und Linguistik 81 (1989). S. 89-104
Beil, Ulrich Johannes: *›Kenosis‹ der idealistischen Ästhetik. Kleists ›Über das Marionettentheater‹ als Schiller réécriture.* In: Kleist-Jahrbuch 2006. S. 75-99
Blamberger, Günther: *›nur was nicht aufhört, weh zu thun, bleibt im Gedächtnis‹. Zur Typogenese des Kleist-Bildes in der deutschen Literatur der Moderne.* In: Kleist-Jahrbuch 1995. S. 25-43
Bogdal, Klaus-Michael: *Heinrich von Kleist. Michael Kohlhaas.* München 1981
Borelbach, Doris: *Mythos-Rezeption in Heinrich von Kleists Dramen.* Würzburg 1998
Brittnacher, Hans Richard: *Implosionen des Sinns und Ekstasen der Gewalt. Zur Prosa Heinrich von Kleists.* In: Der schöne Schein der Kunst und seine Schatten. Hrsg. von Hans Richard Brittnacher/Fabian Störmer. Bielefeld 2000. S. 317-344
Brittnacher, Hans-Richard: *Ästhetik des Horrors. Gespenster, Vampire, Monster, Teufel und künstliche Menschen in der phantastischen Literatur.* Frankfurt/M. 1994
Brecht, Bertolt: *Über Kleists Stück »Der Prinz von Homburg«.* In: Werke Bd. 11. Hrsg. von Werner Hecht/Jan Knopf u. a. Berlin/Weimar/Frankfurt/M. 1988. S. 172 f.
Deiters, Heinrich: *Einleitung.* In: Heinrich von Kleist. Gesammelte Werke in vier Bänden. Hrsg. von Heinrich Deiters. Bd. 1. Berlin 1955. S. 5-66
Detering, Hans: *Das offene Geheimnis. Zur literarischen Produktivität eines Tabus von Winckelmann bis Thomas Mann.* Göttingen 2002
Essen, Gesa von: *Kleist anno 1809: Der politische Schriftsteller.* In: Kleist – ein moderner Aufklärer? Hrsg. von Marie Haller-Nevermann/Dieter Rehwinkel. Göttingen 2005. S. 101-130

Fetscher, Justus: *Verzeichnungen. Kleists ›Amphitryon‹ und seine Umschrift bei Goethe und Hofmannsthal.* Köln/Weimar/Wien 1998
Genazino, Wilhelm: *Die Flucht in die Ohnmacht. Dankrede zum Kleist-Preis.* In: Kleist-Jahrbuch 2008/09. S. 16-21
Goethe, Johann Wolfgang: *Aus meinem Leben. Belagerung von Mainz.* In: Sämtliche Werke. Hrsg. von Klaus-Detlef Müller. Bd. 16. Frankfurt/M. 1994. S. 573-612
Greiner, Bernhard: *Kleists Dramen und Erzählungen. Experimente zum »Fall« der Kunst.* Tübingen/Basel 2000
Gundolf, Friedrich: *Heinrich von Kleist.* Berlin 1922
Häcker, Horst: *Heinrich von Kleist. ›Prinz Friedrich von Homburg‹ und ›Die Verlobung in St. Domingo‹. Studien, Beobachtungen, Bemerkungen.* Frankfurt/M. 1987
Hamacher, Bernd: *»Darf ichs mir deuten, wie es mir gefällt?« 25 Jahre Homburg-Forschung zwischen Rehistorisierung und Dekonstruktion (1973-1998).* In: Heilbronner Kleist-Blätter 6 (1999). S. 9-67
Hamacher, Bernd: *Schrift, Recht und Moral. Kontroversen um Kleists Erzählen anhand der neueren Forschung zu ›Michael Kohlhaas‹.* In: Heinrich von Kleist. Neue Wege der Forschung. Hrsg. von Inka Kording / Anton Philipp Knittel. Darmstadt 2003. S. 254-278
Hamacher, Bernd: *Kleist-Editionen.* In: Editionen zu deutschsprachigen Autoren als Spiegel der Editionsgeschichte. Hrsg. von Rüdiger Nutt-Kofoth/Bodo Plachta. Tübingen 2005. S. 263-283
Hamacher, Werner: *Das Beben der Darstellung.* In: Positionen der Literaturwissenschaft. Acht Modellanalysen am Beispiel von Kleists »Das Erdbeben in Chili«. Hrsg. von David Wellbery. München 1993. S. 149-173
Harms, Ingeborg: *»Wie fliegender Sommer«. Eine Untersuchung der ›Höhlenszene‹ in Heinrich von Kleists ›Familie Schroffenstein‹.* In: Jahrbuch der deutschen Schillergesellschaft 1983. S. 270-314
Hettche, Walter: *Heinrich von Kleists Lyrik.* Frankfurt/M. 1986
Janz, Rolf Peter: *Mit den Augen Kleists: Caspar David Friedrichs ›Mönch am Meer‹.* In: Kleist-Jahrbuch 2003. S. 137-149
Jauß, Hans Robert: *Von Plautus bis Kleist: Amphitryon im dialogischen Prozeß der Arbeit am Mythos.* In: Kleists Dramen. Neue Interpretationen. Hrsg. von Walter Hinderer. Stuttgart 1981. S. 114-143
Kaiser, Gerhard: *Mythos und Person in Kleists »Penthesilea«.* In: Geist und Zeichen. Festschrift für Arthur Henkel. Hrsg. von Herbert Anton/Bernhard Gajek/Peter Pfaff. Heidelberg 1977. S. 168-191
Kaul, Susanne: *Radikale Rechtskritik bei Kleist.* In: Internationales

Archiv für Sozialgeschichte der deutschen Literatur. Bd. 31 (2006) H. 1. S. 212-222

Klüger, Ruth: *Freiheit, die ich meine. Fremdherrschaft in Kleists ›Herrmannsschlacht‹ und ›Verlobung in St. Domingo‹.* In: Katastrophen. Über deutsche Literatur. Hrsg. von Ruth Klüger. Göttingen 1994. S. 145-175

Klüger, Ruth: *Die andere Hündin: Käthchen.* In: Kleist-Jahrbuch (1993). S. 103-115

Künzel, Christine: *Vergewaltigungslektüren. Zur Codierung sexueller Gewalt in Literatur und Recht.* Frankfurt/M./New York. 2003

Kunert, Günter: *Pamphlet für K.* In: Sinn und Form 27 (1975). S. 1091-1097

Lubkoll, Christine: *Die heilige Cäcilie oder die Gewalt der Zeichen. Zur musikalischen Poetik in Heinrich von Kleist ›Cäcilien‹-Novelle.* In: Heinrich von Kleist. Kriegsfall – Rechtsfall – Sündenfall. Hrsg. von Gerhard Neumann. Freiburg 1994. S. 337-364

Man, Paul de: *Ästhetische Formalisierung: Kleists ›Über das Marionettentheater‹.* In: Allegorien des Lesens. Frankfurt/M. 1988. S. 205-233

Mann, Thomas: *Heinrich von Kleist und seine Erzählungen.* In: Leiden und Größen der Meister. Hrsg. von Peter de Mendelssohn. Frankfurt/M. 1982. S. 495-515

Mann, Thomas: *Kleists »Amphitryon«. Eine Wiedereroberung.* In: Leiden und Größen der Meister. Hrsg. von Peter de Mendelssohn. Frankfurt/M. 1982. S. 452-495

Marx, Stefanie: *Beispiele des Beispiellosen. Heinrich von Kleists Erzählungen ohne Moral.* Würzburg 1994

Matt, Peter von: *Verkommene Söhne, mißratene Töchter. Familiendesaster in der Literatur.* München 1997

Meyer-Kalkus, Reinhard: *Heinrich von Kleist und Heinrich August Kerndörffer. Zur Poetik von Vorlesen und Deklamation.* In: Kleist-Jahrbuch 2001. S. 55-88

Minde-Pouet, Georg: *Kleists letzte Stunden. Teil I: Das Akten-Material.* Berlin 1925

Mommsen, Katharina: *Kleists Kampf mit Goethe.* Heidelberg 1974

Mücke, Dorothea von: *»Prinz Friedrich von Homburg. Ein Schauspiel« oder die Ästhetik der Verklärung.* In: Kleist Jahrbuch 2002. S. 70-93

Müller, Heiner: *Gesammelte Irrtümer.* Interviews und Gespräche. Frankfurt/M. 1978

Neumann, Gerhard: *»Der Zweikampf«. Kleists ›einrückendes‹ Erzählen.* In: Kleists Erzählungen. Hrsg. von Walter Hinderer. Stuttgart 1998. S. 216-246

Neumann, Gerhard: *Skandalon. Geschlechterrolle und soziale Identität in Kleists »Marquise von O....« und in Cervantes' Novelle »La fuerza de la sangre«.* In: Heinrich von Kleist. Kriegsfall – Rechtsfall – Sündenfall. Hrsg. von Gerhard Neumann. Freiburg 1994. S. 149-192

Oesterle, Günther: *Vision und Verhör. Kleists »Käthchen von Heilbronn« als Drama der Unterbrechung und der Scham.* In: Gewagte Experimente und kühne Konstellationen. Kleists Werk zwischen Klassizismus und Romantik. Hrsg. von Christine Lubkoll/Günther Oesterle. Würzburg 2001. S. 303-328

Peymann, Claus/Kreutzer, Hans Joachim: *Streitgespräch über Kleists ›Herrmannsschlacht‹.* In: Kleist-Jahrbuch 1984. S. 77-97

Pfeiffer, Joachim: *Die Konstruktion der Geschlechter in Kleists »Penthesilea«.* In: Gewagte Experimente und kühne Konstellationen. Kleists Werk zwischen Klassizismus und Romantik. Hrsg. von Christine Lubkoll/Günther Oesterle. Würzburg 2001. S. 187-198

Pfeiffer, Joachim: *Kleist und die Sprache des Unbewussten. Zur Geschichte der psychoanalytischen Kleist-Forschung.* In: Freiburger literaturpsychologische Gespräche: Heinrich von Kleist. Hrsg. von Ortrud Gutjahr. Bd. 27. Würzburg 2008. S. 21-37

Reuß, Roland: *»Die Verlobung in St. Domingo« – eine Einführung in Kleists Erzählen.* In: »Im Freien«? Kleist-Versuche. Frankfurt/M. / Basel 2010. S. 245-291

Reuß, Roland: *»Mit gebrochenen Worten«. Zu Kleists Erzählung »Der Zweikampf«.* In: »Im Freien«? Kleist-Versuche. Frankfurt/M. / Basel 2010. S. 311-351.

Reuß, Roland: *»Leimruthen«. Zum Problem der Kunst in Kleists »Käthchen von Heilbronn oder die Feuerprobe«.* In: »Im Freien«? Kleist-Versuche. Frankfurt/M. / Basel 2010. S. 109-126

Reuß, Roland: *Bittschrift. Zur Poetik von Kleists Schauspiel »Prinz Friedrich von Homburg«.* In: »Im Freien«? Kleist-Versuche. Frankfurt/M. / Basel 2010. S. 143-155

Samuel, Richard/Brown, Hilda: *Kleist's lost year and the quest for ›Robert Guiskard‹.* Leamington Spa 1981

Schadewaldt, Wolfgang: *Der ›Zerbrochne Krug‹ von Heinrich von Kleist und Sophokles' ›König Ödipus‹.* In: Heinrich von Kleist. Aufsätze und Essays. Hrsg. von Walter Müller-Seidel. Darmstadt 1967. S. 317-325

Schmidt, Jochen: *Heinrich von Kleist. Die Dramen und Erzählungen in ihrer Epoche.* Darmstadt 2003

Schubert, Gotthilf Heinrich: *Ansichten von der Nachtseite der Natur-*

wissenschaften. Dresden 1808. Nachdruck hrsg. von Heike Menges. Eschborn 1995
Sendler, Horst: *Über Michael Kohlhaas – damals und heute*. Berlin 1985
Staengle, Peter: *Fräulein von Zenge nebst Kleist, Krug, Tasse und Bild*. In: BKB 6. Frankfurt/M. / Basel 1993. S. 25-59
Staengle, Peter: *»Berliner Abendblätter«. Chronik*. In: BKB 11. Frankfurt/M. / Basel 1997. S. 369-411
Staengle, Peter: *Ansichten zum historischen Prinz von Homburg*. In: BKB 18, Frankfurt/M. / Basel 2006. S. 39-82
Stiftung Schloss Neuhardenberg (Hrsg.): *»Was für ein Kerl!« Heinrich von Kleist im ›Dritten Reich‹*. Katalog zur gleichnamigen Ausstellung. Neuhardenberg 2008
Szondi, Peter: *Fünfmal Amphitryon: Plautus, Molière, Kleist, Giraudoux, Kaiser*. In: Lektüren und Lektionen. Versuche über Literatur, Literaturtheorie und Literatursoziologie, Frankfurt/M. 1973. S. 153-184
Theisen, Bianca: *Kleists Paradoxien des Lesens*. In: Heinrich von Kleist. Neue Wege der Forschung. Hrsg. von Anton Philipp Knittel/Inka Kording. Darmstadt 2003. S. 111-130
Walser, Robert: *Kleist in Thun*. In: Prosa. Auswahl und Nachwort von Walter Höllerer. Frankfurt/M. 1973. S. 45-60
Weigel, Sigrid: *Ulrike von Kleist (1774-1849). Lebens-Spuren hinter dem Bild der Dichter-Schwester*. In: Schwestern berühmter Männer. Zwölf biographische Porträts. Hrsg. von Luise F. Pusch. Frankfurt/M. 1985. S. 235-288
Werber, Niels: *Kleists »Sendung des Dritten Reichs«. Zur Rezeption von Heinrich von Kleists »Herrmannsschlacht« im Nationalsozialismus*. In: Kleist-Jahrbuch 2006. S. 157-170
Wolf, Christa: *Kein Ort. Nirgends*. Darmstadt 1979

Internetseiten

http://www.heinrich-von-kleist.org/startseite: Gemeinsame Seite des Kleist-Museums, Frankfurt/Oder, sowie der Heinrich-von-Kleist-Gesellschaft.
http://www.textkritik.de/bka/index.htm: Seite der Herausgeber der BKA; Institut für Textkritik, Heidelberg; mit H. v. Kleist, Dokumente und Zeugnisse. Biographisches Archiv; Sämtliche Texte und Kupferstiche des *Phöbus*.
http://www.kleist.org/: Kleist-Archiv Sembdner, Heilbronn, u. a. mit Volltexten der Werke und Briefe, Bibliographie.

Personenregister

Werkregister

Bildnachweis

akg-images: 13, 58
Bildarchiv Preußischer Kulturbesitz, Berlin: 11, 12, 20, 21, 26, 38, 42, 50, 66, 76, 87, 92, 105, 107, 116, 122
Deutsches Historisches Museum, Berlin: 127
Deutsches Theatermuseum, München (Nachlaß Abisag Tüllmann): 136
Walther König Postkartenverlag, Köln: 101
Kleist-Museum, Frankfurt (Oder): 3 (Max Slevogt, Heinrich von Kleist, 1911), 129
Kleist Archiv Sembdner der Stadt Heilbronn: 8
Kunstmuseum, Düsseldorf: 83

Seite 141: Robert Gernhardt, Kafka liest Kleist. Aus: ders., Vom Schönen, Guten, Baren.

Umschlagabbbildung: akg-images (Heinrich von Kleist, Kreidezeichnung, 1831 (?), Kopie nach der Miniatur von Peter Friedel, 1801)

Alle übrigen Abbildungen stammen aus dem Archiv des Autors oder des Suhrkamp Verlags.